德云日记 ②

师徒三十六计

赵峰◎著

万卷出版公司

图书在版编目（CIP）数据

德云日记.2/赵峰著.—沈阳：万卷出版公司，2009.5
ISBN 978-7-80759-858-9

I.德… II.赵… III.长篇小说—中国—当代 IV.I247.5

中国版本图书馆 CIP 数据核字（2009）第 063114 号

出版发行：万卷出版公司
　　　　　（地址：沈阳市和平区十一纬路 29 号　邮编：110003）
印　刷　者：三河市文昌印刷装订厂
经　销　者：全国新华书店
幅面尺寸：153mm × 214mm
字　　数：167 千字
印　　张：14.5
出版时间：2009 年 5 月第 1 版
印刷时间：2009 年 5 月第 1 次印刷
责任编辑：王亦言
特约编辑：郎爱民
插　　图：王山甲
装帧设计：刘金峰
ISBN　978-7-80759-858-9
定　　价：25.00 元

联系电话：024-23284442
邮购热线：024-23284454
传　　真：024-23284448
E-mail：vpc@mail.lnpgc.com.cn
网　　址：http://www.chinavpc.com

本书作者赵峰（中）和郭德纲、于谦合影

德云②日记
师徒三十六计

《德云日记2：师徒三十六计》人物表

师傅＝BOSS＝郭德纲

"于记主食厨房"老板＝于谦

少帮＝李菁

大拿＝何云伟

金子＝曹云金

大艺＝刘艺＝刘云天

恐龙＝孔云龙

烧饼＝朱云峰

四小云＝赵云侠、李云杰、岳云鹏、崇云昆

小四儿＝曹鹤阳

岳帅＝岳云鹏

张帅哥＝张蕾

我＝栾云平

德云日记②
师徒三十六计

德云社演员师承关系

第六代相声演员：谢天顺

第七代相声演员：张文顺、王文林、李文山、邢文昭、谢金

第八代相声演员：郭德纲、于谦、李菁、高峰、张德武、史爱东、侯震、许广、刘献伟、郭晓小、刘源、李根

第九代相声演员：何云伟、曹云金、刘云天、李云杰、栾云平、孔云龙、赵云侠、岳云鹏、朱云峰、于云霆、崇天明、郭麒麟、杜鹤来、郭鹤鸣、张鹤文、李鹤彪、曹鹤阳、马鹤琪

目 录

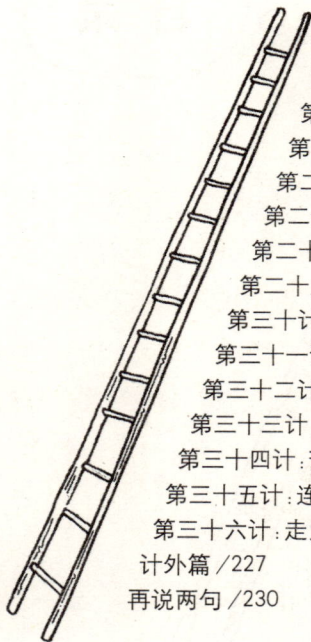

引子

　　自打因为老不认路，被解除了司机职务之后，我和师傅聊天的机会就少了，其实所谓不认路只是师傅的主观臆断，他总是让我走直线，根本不管是不是单行线，有没有摄像头，遇到警察拦路，师傅问也不问就要给人签名，半句话也不肯替我开脱。考虑到组织不管报销QQ的罚款，我也只能坚持绕路，这颇令师傅不满。

　　另外一个原因是师傅停用了泻茶之后，继续心宽体胖，即使是开300C，他坐在右后座上，车子也总跑偏，算了算组织里能给师傅压秤的也就是刘源、刘云天和李云杰，可二刘不会开车，云杰也就自然取代我成了专车司机。

　　今天师傅得闲，问我网上有什么热点消息，我说崇礼门。

　　师傅猜测崇礼门是不是崇文门的别称，不知热点何在。

　　烧饼插嘴说是一个韩国老头，因为自家的房子被占了，但嫌企业家给的拆迁款少，想不开就把个公家的文物烧了，让大家一起倒霉。

　　师傅："好好的东西，就这么没了，太可惜，不喜欢就别看，何苦烧了呢！"

烧饼应和着："就是，好好的茶，就这么不让卖了，不喜欢就别买，何苦下架呢！虽然没那么好，可至少也得不了结石。"

烧饼飞出去的姿势很像霍华德的超人扣篮。

师傅有一个很精致的 U 盘，整天随身揣着，轻易不离身，燕赵门的考古发现后，师傅更加小心谨慎，但越怕什么越来什么，偏偏开箱演出那天，师傅上台很尽兴，下了台却发现大褂内兜破了个洞，小 U 盘不知空降到哪里去了，师傅立时面若冰霜，下令关门下板，全体开展搜索，不找到 U 盘，谁也甭想回家。

这小玩意放在师傅手里是宝，扔到地上可不显眼，更何况后台灯光昏暗，犄角旮旯儿又多，李少帮瞪着大眼睛看了八圈也没发现踪迹，大近视眼高峰干脆放弃搜索，躲在一边玩 PSP，不料被师傅一把抓住。

师傅："你是不是找到了我的 U 盘，正在偷偷复制？"

高峰："谁动你 U 盘了，我这儿玩实况足球呢，你不要来捣乱。"

师傅自然不信，一把将 PSP 抢过去，亲自检查，马上怒从心生："明明是街霸，怎么说是足球，这还带旋风腿和铁膝盖呢，你还说没骗我？"

我凑上去看，深为高峰这样的骨灰级玩家遗憾，虽说操作技术好，可是拿中国和巴西踢，不用点功夫还是不行，咱们技术赶不上人家，可是叉腰肌上一点不吃亏。当然，实况系列也很能与时俱进，郑铁手的勾魂肘、李大头的后蹬脚以及新派的谭腿窝心蹦的动作捕捉都很准确，要是能不光有单挑，再加上群战场面的话，这游戏肯定更红更真实。

高峰懒得和师傅解释，想想这破球不踢也罢，省得生气又上火，还不如下载个曲棍球玩玩，一人一根棍子，要打起来应该更火爆一些。

师傅见高峰不说话，以为抓住了小辫子，立即宣布，因为高峰不务正业，不参与集体搜索行动，决定把PSP暂扣了，威胁找不到U盘就不还他。

高峰马上自觉自愿地加入了搜索队，并急中生智地提出牵于谦的圣伯纳出来闻一下。

圣伯纳先是闻了闻师傅成天摆弄的核桃，立马从烧饼的化妆柜里找出来了一大包干果。师傅想起曾经说过不许在后台吃零食，便也将干果没收，并给烧饼记了五次早退。

烧饼愤怒地看着圣伯纳。

总得闻到和U盘有关联的东西，圣伯纳才能找准方向，师傅想了想，拿一件贴身的背心来让圣伯纳闻，此举行之有效，圣伯纳很快

在地板缝里叼出了 U 盘。

师傅大喜，拉住圣伯纳的前爪猛摇。圣伯纳刚才发现了干果，没被奖赏到一颗，有所不满，此时一见 BOSS 如此高兴，知道该有奖励了，又觉得 U 盘似乎口感不错，一扬脑袋便把 U 盘吞了下去。

师傅暴怒，不摇狗爪子了，改让四小云把圣伯纳抱起来晃，想把 U 盘晃出来，晃得四小云都看见金星了，U 盘还是稳若磐石地在狗肚里。

师傅拿圣伯纳没辙，问我们："U 盘到了狗肚子里，是不是资料也就毁了。"

于谦当然说是。大拿表示不见得，不如给狗做手术，把 U 盘取出来看看，凭空判断总是不稳妥。

于谦怒问大拿怎么不去剥自家的猫，看吞下去纽扣电池后变没变成长江七号。

大拿回应纽扣电池是可以排出来的，U 盘太大如何出得来，难道总放在狗肚子里不成。

这话倒提醒了烧饼，说有个办法可以帮助圣伯纳增加出库量。于是由四小云架着狗，烧饼开始用16袋泻茶泡的水给圣伯纳洗胃。烧饼一边给狗灌茶水，一边想着自己损失的干果，恨不得把茶叶沫子都塞进圣伯纳嘴里。

一小时之后，U 盘出来了；三天之后，圣伯纳成了腊肠狗。

U 盘是出来了，但接到师傅的电脑上毫无反映，师傅以为是坏了，便让我把 U 盘彻底毁了，我趁师傅不备把芯片取了出来，只把壳砸了连同一张剪碎了的旧 SIM 卡给师傅看，师傅哪知 U 盘的构造，只当是该毁的都毁了才放下心来。回到家，我找了个专门的软件，开始恢复 U 盘数据，结果发现了一个大秘密……

师傅的秘密是要加工整理推出一部长篇单口相声《师徒三十六计》，作为他从艺二十周年系列庆典活动的压轴大作。《师徒三十六计》将悬疑、盗墓、穿越、鉴宝融会贯通，既有职场的升迁，又有边疆的探秘，或褒或贬都比熊猫阿宝更惹眼，一贫一闹都比阿芝阿娇更惹火。师傅的此番大作一旦出台，必将比华尔街风暴更震撼，比刘飞人退出更离奇。具体的内容我不好直接透露，不过师傅这些灵感绝对是源自后台，捕风捉影言之确凿，不信你就慢慢看——德云幕后的这些事。

第一计：
瞒天过海

师傅的爱好并不多，但只要爱上了就很执著，前段日子他老念叨老马识途，恨只恨自己年轻的时候没认识马未都先生，不然勒紧裤腰带，宁可炒饭不放葱花，也要多搬几只青花瓷回家去。

要说收藏可非一日之功，更何况好东西也像海河里的皮皮虾一样，错过了这拨就得等呢。好在师傅的人脉广，自打听说他对青花有了兴趣，就老有人来通风报信，但凡师傅在后台，大嘴董陆都会自动献身，神神秘秘地告诉师傅哪里哪里又发现了好东西，正在促销，不去抢购甚之可惜。只是师傅事务太多，数次有了线索但不能脱身，心急火燎，虚火上升。董大嘴时常宽慰师傅，是你的总是你的，要收藏就要有好心态，大块肉沉锅底，去得早不如淘得好。反正送一回情报，董大嘴就免费听场相声，当然乐得实惠。

忽一日，董大嘴报告说某某工地刨出了一个清代厨房遗址，满眼皆是青花精品，是一个千载难逢的机会，就连马先生也正从央视往那儿赶呢。他劝师傅无论如何也得拔得头筹，不然好东西就落不着了。

师傅当机立断，把底活儿的《大上寿》改成于谦领唱的《大实话》，接着就让云杰驾驶 300C 出发，却被董陆拉住。

董陆说买古董，第一就是切忌露富，你开那么好车去，再穿得花枝招展，目标大招来记者不说，本来人家一万能卖的东西，非要你十万不可，做人要低调，要淘到宝更得始终装穷。于是师傅改让我去发动 QQ，自己把花衬衫脱了，换了件不知哪找来的城市志愿者服装穿上，只是那衣服小了一号，绷在师傅身上倒也有几分青花广口大肚瓶的神韵。为了掩人耳目，师傅还戴了副特大的墨镜，让董陆搀着，一步一晃地出了后台。

车上，师傅突然想起来，问董陆这工地刨出来的东西是不是属于国家，不能私自买卖。董陆继续上课，强调买古董，第二点就是切忌问出处。出来流通的古董不是墓里挖出来的，就是宫里偷出来的，再不就是富贵人家当出去的。总之货卖识货人，好东西能传下去就好。如今，盗墓小说盛行，能挖的墓除了秦始皇的，都挖得差不多了，要管国家早管了。

说着说着，车已经进了河北，师傅突然又想起了一个问题，问那里能不能刷卡。董陆大惊，说第三点就是切忌刷卡。这种买卖从来都是当场一手交钱一手拿货，没听说买明器用 POS 机的，公安局正愁没证据抓盗墓贼呢。师傅翻遍了全身，发现一块现钱也没有，抱怨都是换衣服闹的，其实他那花衬衣里也没现钱，只有便条纸和签字笔，方便随时给人打白条，月底债主们再拿着欠条去师娘那儿兑现，好在师傅的信用额度很高，一张白条虽然是五十块封顶，但却没有条数限制，去趟京深买螃蟹，开出十张白条也就够了。不过出了北京，又没到天津，恐怕师傅的白条起不了作用。

我跟董陆凑了凑，刚够三千块。三千块买螃蟹不少，买古董可就捉襟见肘。董陆见师傅情绪低落，劝他说，真要见到好东西，大不了咱把QQ卖了套现，这车怎么也得值个万八千的，回来你再还给小栾就是。

师傅心情开朗了，我恨得直咬牙，董大嘴听见我咬牙的咯吱声，还以为是车的变速箱有异响，马上嘱咐我，呆会卖车时最好给买主放段相声听，别让人发现了这车的毛病。

我心说，回头非得找个机会，把董陆甩掉，既然他对不起QQ，那我只好替QQ讨回公道。

正想着，车已经七拐八拐进了一个镇子，已经午夜时分，这小街上倒是灯火通明，十分热闹，卖古董的摊位也有十几家，其余的都是卖馄饨、烤串和盗版盘的。

下了车，董陆告诫师傅要少问多看，别让人看出自己是棒槌来。

师傅对于自己不懂的业务从来都很虚心，在卖盘的摊前仔细观察了半天，拿不定主意是买饭岛爱还是福原爱。

我拉了拉师傅，提醒他现钱有限，要用在正事上。

师傅教育我，看片的喜悦和收藏的满足在精神层面上没有本质的区别。

我说烟花虽好，却是一笑而过，青花虽贵，还可以时常爱抚。

我们三人一路淘宝看下来，青花瓷器大的小的，高的矮的倒是不少，可却没有一件能打动了师傅。

董陆询问他到底是哪里看不上眼。

师傅称颜色太暗，图案也很模糊。

我提醒师傅看东西时要把墨镜摘下来。

走到街角，师傅被一个摊上的三件套青花碗吸引住了，蹲在那里极认真地看。

摊主很热情，表示既然是郭班主喜欢，会开个实价给他。班主见被人认出来了很高兴，询问摊主可是纲丝。摊主说虽算不上纲丝，但当年也与班主是同道中人。

我心说莫非此人也唱过梆子。

摊主继而回想当初倒卖BP机时的美好时光。

师傅让他打住，问他这三碗一套要多少钱。

摊主说这水盆是康熙的，这碗是乾隆的，这茶盏是咸丰的。这三件东西反映了清朝青花瓷的优良工艺，非三万块决不出手。

我怀疑QQ要不属于我了。

董陆正打算在道边拔根草给QQ插上，却被师傅示意不要轻举妄动。

师傅坦言，既然这三个青花瓷不是套装，也就不必打包买，这康熙水盆和乾隆碗要多少钱。

摊主想了想，报出了两万四。

班主又把水盆和碗看了看，提出这两件东西多少都有点残，不如把零头抹了，便宜四千。

摊主看了看天都快亮了，无论如何也得做成这笔买卖，不然十块钱的摊费就白交了，因此狠了狠心，说就再优惠你四千，这两件东西归你了。

师傅大喜，一把抓起咸丰茶盏，让我拿两千块钱给摊主。

摊主自然不干，但听师傅给他算完账，气得也没有话说。三件东西三万块，既然康熙水盆和乾隆碗要价两万四，那咸丰茶盏也就是

六千，再减去四千，正好两千块。这买卖绝对公平合理。

回到QQ上，师傅买到了心仪的青花瓷器兴高采烈，董陆因为价侃得太狠没拿到更多回扣有点失落。我想起来，这小街走了三遍也没见到马未都先生，就问董陆马先生怎么没来。

董陆没什么好气，说马先生正在道边吃烤串呢。

我一看，果然是歌手马天宇在那里体验生活。

返程途中，师傅仍然拿着咸丰茶盏爱不释手，眼见道边有卖柴鸡蛋的广告，心情大好的师傅跟董陆说最近超市里促销的鸡蛋不大保险，不如买这农村的柴鸡蛋踏实，应该带几箱鸡蛋回去给大伙分分，当个立冬的福利，同时也要送董陆两箱算是线索提供的报答。

董陆心花怒放地下车去敲农户的门，我正发愁QQ要超载，师傅却让我锁紧车门快开走。

甩掉了董大嘴，QQ开得很惬意，我问师傅是不是也发现董陆拿回扣的事儿。

师傅郁郁地说："我看出来了，这茶盏还是有问题，瞧瞧这款，写的是1860制。1860年，北边英法联军烧圆明园，南边正闹太平天国，哪还有心思烧这么精致茶盏嘛，估计是民国时候仿的，要不是被董陆忽悠来着，我怎会吃这个亏。"

我为师傅买到了早年间中国移动的赠品而遗憾。

（郑重声明：此董忽悠不擅长足球评论，也从未在电视里当过主持人，仅与球迷喜爱的董大嘴老师同名同姓而已。再见了董忽悠，你就在农家当养鸡专业户吧。）

第二计：
围魏救赵

从园子出来，往拍摄基地赶，云杰拉着师傅和于谦在前边，我拉着高峰、烧饼和小四儿在后面跟着。

开着开着，我就觉得哪有点不对劲，什么问题呢？油加满了，驾照也带了，QQ也年审了，备胎也在呢。按说都没事呀，可怎么看着前面开的300C就觉得有点别扭呢。哎呀，是牌照，300C的尾号是6，恰是今天该限行的车辆，300C怎么就大摇大摆地上路了呢。

我刚打算让高峰给于谦打个电话提醒一下，却见前面的车都慢了下来，怕什么来什么，遇到警察路检了。

要说违反了限行规定，也就是罚一百块钱再被数落两句，碰上警察是钢丝也没准就免了，即使碰上的警察是铁匠也不能把车扣了吧。但是，看着前面新闻灯雪亮，闪光灯闪烁，就知道这回警察路检又是跟媒体携手作战，准备抓到顶风违法者，当场曝光，杀一儆百。

300C被抓住罚款是小，要是媒体故意报料"名人违法不道歉，恶意违章心太偏"，那可对师傅的形象极为不利。

电光火石间，我做出了一个决定，一脚油门，QQ开到了自行车道上，快速向警察拦截点冲去。我一边按喇叭提醒警察和骑车的注意安全，一边告诉高峰，要他跟云杰说赶紧靠边停车，让师傅和于谦打车走；更重要的是，我命令烧饼和小四儿快速找出个走自行车道的理由给我，不然……

还没等烧饼和小四儿明白过来怎么回事，QQ已经被警察和记者们包围了，警察眼中充满了猜疑和警惕，记者的目光中透露出欣喜和幸灾乐祸。

我从后视镜里观察到300C已经靠边停车了，心理有了安慰，在被警察命令下车的瞬间，我小声告诉高峰，就说咱车上有病人，着急送医院才走的自行车道。

我老老实实下车交驾照和行驶本，在媒体的灯光照耀下，假装镇定地先自责犯了错误，再解释是因为送病人才不得已这样做。

警察收了我的本，问我车里拉的什么病人，怎么一点动静都没有。

我回头往车里看，警察和记者也凑过来瞧，同时一声惊呼——副座上的高峰手捂着胸口，牙关紧咬作痛苦状。后座上的烧饼和小四儿竟然相拥在一起，一个闭气凝神显得很安祥，一个口吐白沫手足抽搐片刻也不安生。

见此情景，警察们互相示意了一下，该拿电台报告的报告，该通知急救车的通知999，该拿铐子和棍子的做好了准备，带队的两个警察一左一右挟持住我，边检查我身上有没有凶器，边问我究竟怎么回事儿。

他们仨怎么一块装病呀，还症状不一样。好在台上经得多，瞎话编得快，我说他们吃东西吃得不对付了。

21

警察自然不信，问我吃什么了能毒成这样，旁边的记者插嘴问在哪吃的，准备让台里再派出人手去做采访第一现场。

谎话真是编不得，开了头就得继续。说扁豆没炒熟，不行，半生的扁豆没这么大威力；说是路边采得毒蘑菇，不行，这月份蘑菇还冬眠呢；说是用了地沟油，不行，那东西见效没那么快；说是错误地放了工业盐，也不行，我怎么就没事呢。三个诸葛亮也比不过两小乔，我得把他们仨推到前面去。于是我开始痛骂车里的三个人，你们自己曝出事来了吧，我说那些东西太危险不能尝试，你们偏不听，还说要是实验成功了，就不用辛苦上台演出了，在家里就能日进斗金，现在可好，都不行了吧。你们自个跟警察同志说，你们吃什么了。

车里三位步调极为一致，听我说让他们自己解释，马上呼尔嘿哟哼唧起来，听着竟然还是太平歌词的调，这样也好，起码证明三人都还活着。

正在三人装蒜不开口，我能开口却不知说什么的当口。师傅挤了过来，先跟警察和记者道了声辛苦，又痛斥我不遵守交通法，接着嘱咐三位病人再坚持一会儿，能不说话就别开口了。三位马上就昏厥了过去。

警察和记者当然都认得师傅，便一致转向了他，询问他事实真相。

师傅叹了口气，十分自责，说都是平时对他们管教不严，教育不够，特别是后排这两个徒弟更是文化底子比较薄，副驾这位高老师虽然是大学毕业，但是财迷心窍，一时也是辩不明事理，纯粹是自己折腾自己，何苦来着。可怜我这三徒弟，为救他们三人，铤而走险，这要出了事儿，可怎么好哟！

师傅说了一大套，别人也没听明白。

警察打断师傅，就让他解释是吃了什么能毒成这样。

师傅还原了事实真相：烧饼和小四儿，前些天去逛红桥市场，知道宝石值钱，回来就琢磨到哪儿去挖去。可这北京哪有地让他们挖宝石呀，结果一是发财心切，二是所问非人，上了王玥波的当，居然下决心要利用生物和化学技术来自己做宝石。他们跑到农村收集了特定历史时期的三鹿奶粉。烧饼在奶粉中加入了孔雀绿，希望能生成绿松石；小四儿在奶粉中加入了苏丹红，准备在体内凝结成鸡血石。结果一喝下去就成了现在这样，一个人事不省，一个抽风吐白沫。

一边法晚的记者又问高峰是吃了什么。

师傅叹了口气，他呀，想制造夜明珠，拿老白兔奶糖蘸的荧

光粉。

师傅的科学理论折服了警察，迷惑了记者，QQ 被放行了，只是七八辆记者的采访车尾随着 QQ，想深入报道化学品中毒后的救治情况。

我偷偷跟师傅说，这都是为了组织荣誉才不得已使出的计策，不然被抓住的可就是师傅的座驾了。

师傅恶狠狠地瞪了我一眼："这都后半夜了，还限行个头！"

第三计：
借刀杀人

　　锅里没有肉，碗里就只有粥。目前，世界的经济不景气，来包场的 500 强企业也少了，园子的扩建计划也只能暂时搁置。"快乐依然的大汇演"虽然叫座又叫好，财气却没增加多少，就算上挂票，园子里也就挤进这么多人来，还得是瘦的多胖的少才行。而且演出阵容越好，观众买不到园子票的可能性越大，怪就怪黄牛们无孔不入，投入百分百的职业精神来抢本来就没多少的园子票。

　　吸引大企业包场和阻止黄牛抢票是组织遇到的两个问题，找包场可以团购价上优惠一些，演出内容加精华点，处理黄牛可就难了。原来窗口卖票，观众和黄牛都夜里抱着被子来拼体力和耐力，可是黄牛是有组织的，观众未必心齐，到头来好票都归了黄牛。现在统一电话购票，观众是撞大运希望打进来买到票多听点 3S。黄牛们则升级设备，定购了 3G 手机，专门攻击园子的订票电话。

　　师傅吩咐黄牛的事来日方长，先解决包场的问题，不然今年的取暖补助还没有着落。为此，师傅特意让我在大汇演的基础上安排了一个"郭德纲大忽悠专场"，演出内容极为奢华。开场就是金子的单

口《新聊斋之我和芙蓉有个约会》，七个大活儿里师傅和于谦要演三个，何李要推出最新作品《我是超人》，我跟高峰使的是外国移植过来的活儿《福尔猫斯和花生》，底活儿更是师傅压箱底的《文武双全相声演义》，就连报幕也请张娜拉来客串。如此的演出单子一出，我看着都眼晕，这要是奥运期间推出来，估计小布什和博尔特都得来排队买票。

演出内容空前，但不怕一万怕万一，为避免李少帮联系不到包场的大企业，师傅决定把演出信息在公社里公布，先看看散客观众的情况。酒香不怕巷子深，何况园子就在路口上，纲丝们看见这豪华水单子都以为是愚人节到了，要不就是师傅中了彩票大奖，要搞答谢社会的慈善演出，一时不敢相信。

黄牛们可是欢呼雀跃，这趟票倒完，可以提前回家过春节了。专业的就是专业，黄牛们在3G手机的基础上，不惜血本把天桥附近的话吧和电话亭都包了，全家老少齐上阵，24小时拨打园子的订票电话，果然没给普通观众任何机会。半天功夫"郭德纲大忽悠专场"的票都被黄牛们预约成功了。

同时，李少帮那里进展也很顺利，正赶上某大企业要年底答谢外地客户，觉得包相声大会专场的形式很喜兴，于是欣然签订了包场合同，并且也指定这次大忽悠专场。

做了一桌上等酒席，却来了两桌客人，黄牛那边不好得罪，大企业这边也违约不得。师傅也想不出什么好办法，毕竟还是包场的价位高，黄牛虽然挣得多，却不会给园子半毛钱，因此，师傅决断把大忽悠专场改成大忽悠包场。至于黄牛们买走的票，可以原价退回，黄牛们也没什么损失。

　　大企业按部就班的安排包场事宜。黄牛们却义愤填膺，一则包话吧花了不少钱，二则进了嘴的一块大肥肉怎能凭白吐出来，于是轮番到园子门前搅闹，宣称这种无规则的开专场方式扰乱了黄牛的正常经营秩序，破坏了黄牛与纲丝间的和谐，黄牛们强调若长此以往，就只能学出租司机，组织黄牛大罢工。

　　黄牛大罢工是吓不倒师傅，但他们成天在园子门前晃荡很让纲丝们不快。师傅决定采取怀柔政策，于是让大拿出去跟黄牛们解释，说这专场改包场也是情非得已，正好赶上了园子也没办法，既然大家都是客，建议黄牛们可以跟包场的企业协商一下，匀出几张桌子来让黄牛们招揽散客生意。

　　黄牛们还要继续挖园子的相声矿，也不好太与我们为敌，于是转而去和包场企业抗争。黄牛们也在天桥战斗了多年，强龙难压地头蛇，觉得态度强硬一些，争取出前三排的桌子没什么大问题。

　　大拿告诉他们包场企业的员工正在园子里布置，一些外地客户也已经到了，要谈判就得抓紧时间。

　　各路黄牛团结在一起，一二十人统一了黑西服和宽边墨镜，气势汹汹地进了园子，点名要和包场企业老板谈判，要么包陪黄牛们的前期投入，要么把一半好座位让出来，黄牛若亏了本，这包场也休想太平。

　　从此，黄牛们消失了好长一段日子。

　　"郭德纲大忽悠包场"也很成功，包场的市公安局和被答谢的外地特警们对于演出节目和开场前的热身项目都很满意。

第四计：
以逸待劳

德云组织有个不太好的习惯，就是重业务，轻企业文化，重台上表现，轻后台的全面发展，特别在整体身体素质方面存在明显隐患，师傅带头不锻炼，除了去医院和法院，没事就窝在家里看书听CD，足不出户，除了布鞋就是皮鞋，连双帆布鞋的都没有，何谈什么健身。

领导不表率，员工们自然没有运动的热情，好不容易相声公社组织一届 3S 杯足球赛，乐耗子等版主来后台苦口婆心动员了半天，连威逼（都不去会冷了纲丝社员的心）带利诱（去了报销车费和饭费，踢得着球踢不着球都有奖），也只动员了高峰、刘源和宁云祥三人参赛。我本打算去的，只是刚 BT 下了《幸存者第十七季》，算了，还是在家看片舒服。

三位选手的表现倒是可圈可点，高老板在场上显示出海派风格，属黄花鱼的就抱着一条边路走，挤兑的边裁都没地呆，不过这种踢法很空灵，基本上这边的踢球，高峰在练折返跑，只有一次高峰突然直插到对方禁区中间，对方后卫正要开大脚解围，不提防斜刺里杀出了

程咬金，忙乱之中球开到了高峰单薄的身上，竟然弹入了球门。高峰的队员齐声叫好，高峰中球倒地半天起不来，大家伙把他扶起来，问他是不是被球闷痛了 高峰叹息不是，只是心痛，老远看见地上好像谁掉了十块钱，奔过来捡却只是张小广告，结果还被球踢到，实在得不偿失。

刘源发挥身体优势充当门将，对方攻过来，一不扑二不抢，只把身形站住，气运丹田，两臂伸开，多半个球门就被他化为无形，虽然肚皮多次被足球击中，倒是很好地完成了守门员的工作。

小宁来组织时间不长，虽然身体尚好，场上左冲右突，很有点职业味道。只是晚上回到园子以后，才上了后劲，感觉腰酸背痛腿抽筋，实在迈不开步，问我能不能调换下，今天不上场。

师傅让我负责后台演员上场纪律，当然要严格执行，而且我一直认为业余爱好不能影响业务工作，断然拒绝。小宁不罢休，恳求能否换个活儿，把腿子活儿《黄鹤楼》改成以学为主的《学四省》。这倒是可以，我也考虑了小宁的实际情况，就同意了。怎料小宁这家伙得寸进尺临上场又改变了主意，擅自把《学四省》又换成了《学四相》，上了台更加过分，省了另外三相，就只使全了装半身不遂，当然模仿还是很到位。

不过未经请示，临时改活儿总是大错误，我转天就向师傅做了汇报，并建议师傅追加处罚小宁同学，罚款500，停演八场。如若再犯，取消2009年城市相声管理委员会的注册资格。

向来铁面无私的师傅这回倒很大度，本着治病救人的原则，提出临场换活儿虽然不好，但去踢球也总算是组织行为，功过相抵罚小宁1000块钱也就算了。

师傅还倡议，随着天气转冷，大家的确应该增加体育锻炼，强健身体，不然谁病了，别人的负担都得加重，对自己对组织都不好。

为了推动组织内部体育运动的开展，激励大家的运动热情，师傅决定举行一次德云踢毽比赛，全体演员都要参加，每人象征性的交纳50元参赛费，汇总起来以购买比赛用品和参赛服装以及最终前三名的奖金。

组织百十号人，收了5000块钱，师傅让烧饼去买了十个毽和五只大公鸡，让大拿去动物园批发了两百双布鞋，发给大家上台和踢毽两用。剩下的钱，园子的场地费收去了2000，前三名的奖金也是2000。

比赛分成四个大区举行，组织内的光棍们为一组，不分年长年幼，比赛一分钟踢毽，踢得多的晋级决赛；结了婚和定了亲的为一组，比赛脑袋顶毽，考验平衡，谁的毽掉下来，谁被淘汰，坚持到最后的晋级；几位老先生和女士们为一组，比赛花毽制作，最先做好的晋级，失利的选手协助厨房去做可乐鸡；最后一组是领导组，赛参选手是师傅、于谦、李少帮和王海。比赛内容是花毽踢远，最远者晋级四强。但于谦坚决要去成家组参赛，认为和师傅一组决没获胜的可能。结果领导组只剩下了三位选手。

光棍组的竞争相当激烈，在损坏了园子里半数的灯泡以后，金子成为了这组胜利者，他取胜的秘诀是鞋，别人穿的不是配发的布鞋就是自己的运动鞋，只有金子穿的是那种特大号的福娃套鞋。结果比赛中，配发的布鞋百分之九十八都开绽裂嘴儿，没坏的只有大拿的和岳帅的，我仔细一看才发现，大拿那双竟然还绣着祥云图案，这肯定也是商家回扣给他的。云鹏的没坏是因为从始至终他就没踢着过毽，倒不是他脚法太差，是因为比赛时他和恐龙挨在一起，恐龙奥运那会

儿就一直为射击选手埃文斯鸣不平,同时也很羡慕埃文斯能射错了靶捡对了媳妇。于是踢毽比赛中,恐龙一人踢两人的毽,岳帅只能干看着。虽然恐龙踢的总数多,但涉嫌犯规被取消了成绩。结果金子凭借福娃鞋的接触面大且弹力好而获胜。

成亲组本来史爱冬们还想拼一拼,但见于谦转会过来,也就自动放弃了。于师叔凭借他鸟巢般的发型,确保毽在脑上屹立不倒,没有悬念的杀入总决赛。

老先生和女士组,没能产生晋级者,因为烧饼买来的是活公鸡,几位选手都没有勇气下手杀鸡,活拔鸡毛更是下不去手,结果一只毽也没做出来,全组覆没。

领导组的花毽比赛踢远。从实力分析,我们感觉李少帮最年轻,应该有戏,但考虑到师傅往常公正公开尽量公平的规则设计,这一组肯定是师傅获胜。事实也是如此,踢远比赛的地点师傅选在了香山顶上,王海一听说要上鬼见愁,立即恐高症加重,退出了比赛。李少帮仍然坚持参赛,于是师傅托关系坐揽车上的山顶,李少帮没想到爬山也是花毽比赛的一部分,眼见坐缆车的排成了长笼,为了在规定时间内到达山顶,只好硬着头皮拾阶而上,终于因为香山上的人比红叶多,李少帮刚爬到一半,师傅规定的比赛时间已到,于是师傅摆了个踢毽的POSE就不战而胜了。

德云杯花毽大赛的三位决赛选手都已经产生,师傅、于谦和金子。为避免黑幕嫌疑,师傅请出张文顺老爷子宣读了师傅早已拟定的决赛规则和奖金分配方案。

集资剩下的2000元,第三名将获准拿回自己的报名费,第二名在拿回报名费的基础上将获得50元的德云煎饼充值卡。冠军将独享剩下来的 1850 元。

这一规则出台，我们马上意识到了冠军的归属。心想就只当 50 元吃了回可乐鸡算了，不过烧饼等人不甘心，认为于谦和金子也不是没有机会，听听比什么吧。

张老爷子宣布总决赛比的是花毽踢准。五米开外划条线，选手将花毽踢向三角架上放着的一个茶碗，能用毽踢中茶碗者为冠军，能用毽踢中三角架者为亚军，先踢中者为赢，踢花毽的次数并不受限制。

现场，我们认真检查了花毽有没有导航装置，并排除了茶碗底部有磁铁，三角架上有拉线的各种可能，倒要看看师傅还能有什么必杀计。

比赛开始，师傅让金子先踢，自己坐在椅子上喝着茶笑盈盈地看着，于谦也不准备过早出招，也在一旁看形势。只有金子年轻气盛，在我们的加油声中，开始练习贝氏弧线。眼见，金子已经有了脚感，师傅却还在那儿隐而不发，莫非他要放弃，还是已经和金子约定了黑金协议？很奇怪。此时于谦看比赛似乎没什么陷阱，决定出马，师叔的目标定得不高，踢中三角架就行，老将稳扎稳打，踢了三次就命中了三角架，确保了亚军，于谦也不得陇望蜀，直接退到一旁等着拿充值卡。金子还在向冠军冲刺，突然，我发现了点问题，那个……就在这当口，曹小贝已经一毽命中，一片喝彩声中，茶碗也落到地上摔成了八片。

不管怎么样，所有人都见证了金子是胜利者，德高望重的张文顺向班主颁发了三等奖，向于谦颁发了亚军奖，最后又把 1850 元的冠军奖金向所有人示意一圈，金子兴奋地伸手欲接，却被师傅拦下。

金子不相信如此大庭广众之下，师傅还会横刀夺爱?!

　　师傅："别急嘛，胜负已定，奖金当然是要兑现的，但是，取胜也是要付代价的，规则说的是用毽踢中茶碗者为胜，你的确是赢了，可是谁也没允许你把茶碗打碎呀，你要知道，为了体现对此次比赛的尊重，我可是把好不容易买到的咸丰茶盏拿出来当目标的。这茶盏可不是大风刮来的，是我花2000块钱买的，还不算路上的成本和辛苦钱，你说怎么办吧。"

　　冠军金子倒贴了150块，赔偿了师傅珍藏的中国移动定制的咸丰茶盏，真正体验了一回高处不胜寒。

第五计：
趁火打劫

　　刚刚师傅宣布了去南京商演的人员名单，没安排去的有遗憾没不满，本来嘛，演出轮流转，你番唱罢我登场，机会总是有的，师傅从穆里尼奥那儿学习来的轮换制很有效果，演员们可以保持更加和平的心态。虽说园子里演一场跟大舞台上来一段的收入差异不小，但无论人家来园子还是看商演，冲的都是德云这块牌子，瞧的都是演员有没有真本事，肯不肯全心投入，付出和收获肯定是成正比的，不然组织到不了今天的欣欣向荣。

　　话说回来，外地商演也不错，收入增加不说，看看地方特色就很长见识，特别是像南京这样的六朝古都。因此，能去的人更加高兴，只有一人例外，就是李少帮。

　　少帮同志极不乐意出差，倒不是适应能力差，主要是放心不下他的BMW，挺贵挺招眼的一辆车，好几天没人开没人保养，得受多大委屈。要是去天津还好，我们坐城际快速，李少帮自驾，虽说开得慢点，毕竟自己开着BMW心里踏实，大不了周五的演出，少帮同志周一就出发，不怕慢就怕站，李少帮同志去天津就从没迟到过。

但去南京，自驾有点不现实，李少帮去询问铁路局，如果BMW和我们一起托运到南京的花费几何，得到的回答是如果BMW坐火车去南京，那么李少帮这趟的商演就和义演差不多了，如果再计算托运回来的费用，恐怕少帮只能把卧铺卖了，改成站台票蹭回北京。

无论如何，BMW是带不去南京了。少帮本打算找点理由推掉这次商演，不过鉴于大拿最近正为自己的超人改造计划而疯狂积攒银子，怕是不会答应。因此，李少帮显得忧郁。师傅看在眼里，也很为他的演出状态担心，于是让我们一起想想办法。

组织是温暖的，你帮我，他帮我，大家帮少帮，天大的困难都可以解决，其实只要安排好了BMW，李少帮就可以轻松南京两日游了。

刘源刚把奥拓卖掉换成了天语车，感受到升级快感的他，找到李少帮，表示可以免费照顾BMW五天，保证BMW会享受到和天语车一样的待遇。李少帮感动于刘源的热情，感伤于刘源的块头，李氏BMW的减震和少帮本人的情绪一样易于波动，如果让刘源同学开上五天，那倾斜的车身会被纲丝们认为是张文顺的座驾了。李少帮同志宣布，BMW的托付对象中云杰、云天、云鹏都不在考虑之列。

烧饼正打算去学车，觉得提前熟悉下车的构造比较好，于是跟李少帮说，你就把车放园子里吧，钥匙给我，我头天给你封釉，第二天帮你镀膜，第三天替你打蜡，第四天全车桑拿，保管把BMW照顾得舒舒服服。

李少帮听得很欣慰，刚想答应烧饼，却被史爱冬拉到了一边。史爱冬表示本来不想管，但作为朋友加兄弟，该说的还是要说，小孩子嘴上无毛办事不牢，就是图一时新鲜帮你看看车，你也不想想，烧饼连自己的大褂都懒得洗，又怎么会帮你做汽车美容，他不把你的机器拆散就不错了。最关键的是烧饼没有驾照，可又极爱玩滑板、小轮车啥的极限运动，你想，万一他想起来用你的BMW体验一下漂移，你可怎么办，不出事BMW也得受内伤，出了事，你是车主决逃不掉干系。

李少帮听出了一身冷汗，感谢史爱冬一句话点醒梦中人，当下警告烧饼不许靠近BMW，并在BMW防盗器的禁入人员黑名单里把烧饼、小四等没驾照，又爱玩赛车游戏的人都加了进去。

李少帮问史爱冬能不能照看下BMW，史爱冬说这车太金贵，让李少帮再问问别人。

高峰向来办事稳重，分量也和李少帮差不多，成了BMW守护人的候选目标，李少帮觉得拜托给高峰比较保险。高峰人也厚道，承诺李少帮，你既放心给我，我就替你看好。

李少帮一块石头就要落地，正准备给高峰钥匙，却见史爱冬在一旁挤眉弄眼似有话说，于是，李少帮说去买套煎饼，就先出了后台，史老师随即跟了出来。

史爱冬数落李少帮，BMW刚出龙潭又入虎穴，托付给谁都行，就是不能给高峰呀。

李少帮不解，问之此言何出。

史爱冬又看了看附近的确无人，才语重心长地教诲，高峰人是好人，对东西也爱惜，车在他手里停车起步也稳当，出来进去也不会闯灯压线。最关键的是，高峰是有买卖的人，你喜欢皮皮虾吗？即使你喜欢，BMW能喜欢吗？一次二百斤皮皮虾搁BMW后备箱里，要是冻的还好，至多洒点水留点海鲜味，要是活的，就说不定逃出两三

37

只来，悄悄躲在角落里，等你再开的时候，冷不防爬出来，用钳子跟你打个招呼，那可怎么是好！

李少帮刚干了的背心又湿了，心说幸亏组织里有史爱冬在，接替了离去的耳钉指点迷津的使命，不然BMW可就惨了。

史爱冬又一次解救了BMW，心满意足而去。李少帮继续发愁把车交谁好，实在没招了，他去找金子拿主意。

金子也要去南京，自然轮不到照顾BMW，不过还是替李少帮想了个办法。金子问李少帮，车放在什么地最安全。

李少帮回答停车场啊。

金子又问哪的停车场最保险。

李少帮答不上来。金子告诉他是交管局的停车场。金子建议李少帮去看看《红绿灯》栏目，找准了哪有夜查，然后喝一杯扎啤就开BMW赶过去，故意把车开得勾勾丢丢的，让警察注意到……酒后驾车但又不是醉酒驾车，至多罚点钱扣点分，车辆被暂时扣下，你让警察检查好了BMW哪哪都没划痕，没旧伤，再让警察替你开到停车场去存着，你从南京回来，交点钱把车领出来，让警察替你看车这多踏实。万一期间，车被剐了蹭了，你还可以投诉警察，说不定能免了处罚呢！

虽然会交点罚款，不过确实省心又放心，李少帮跑到后台，拿起遥控开始搜索《红绿灯》，找到了发现主持人也叫李晶，心说这要是我妹妹多好。

李少帮正聚精会神看电视，突然肩膀被人拍了一下，一看又是史爱冬。

史爱冬一脸正义，刚才金子和你说的时候我正好在旁边都听到

了，你什么时候得罪他的，害人可没这么害的，你的酒量你自己应该知道呀，一杯啤酒下肚南北都分不清，还得看得准红绿灯。被警察扣下是小，这要是撞到花花草草如何得了，万一撞了护栏，一倒就是一两公里，那东西可是按米赔的，那么你倒不用担心存车了，直接把BMW卖了赔人钱吧。最关键的是，现在媒体那么发达，第二天你准上报上电视，风头超过老郭，虽然对你的人气有提升，可是好男人的形象就都毁了！

李少帮的上衣都能拧出水来了，他一把拉住史爱冬再也不撒手，坚决表示，史老师已经三次救BMW于水火，无论如何好人做到底，也请费心看管BMW，任谁都不如给史爱冬妥帖。

史爱冬推辞不过，勉为其难拿到了BMW的钥匙。李少帮卸去了大包袱，轻轻松松跟着师傅奔南京了。

演出无话。两天后李少帮兴冲冲回到园子，却没有见到BMW，赶紧给史爱冬打电话，史老师就是不接。李少帮拉住小四儿打听，小四儿把一张处罚单给了李少帮，说是史爱冬让转交的。

李少帮拿起处罚单一看，是城管开来的：BMW车主未经允许，以车为摊，在天桥剧场门前兜售劣质保暖内衣，并对我城管队员的警告不予理睬，决定采取以下处罚措施。BMW后座及后背箱内的200件南极熊内衣予以没收，BMW作为摆摊工具也予暂扣，请车主于三日内到我支队接受处罚，交纳罚金。此外，车身上的划痕及凹陷系车主抢夺内衣时不慎磕碰所致，车辆损失与我支队无关。

少帮头晕的老毛病又出现了。

第六计：
声东击西

先下手遭殃，后下手吉祥。您说我说反了，那您可错了。

看着全球500强都开始限薪裁员，组织也要顺风而动压缩开支，观众的西湖龙井改成张三八高沫，演员候场的沙发换成长板凳，剧场里的灯光再调暗点，弄得金子说新聊斋时更有感觉，即使真芙蓉来了，也不至于被雷倒。

师傅还希望我们在道具和服装方面也能降低一下成本，于是我提出把七块板缩减成五块，匀下来两块还能当玉子使，但是高峰反对，他说拿五块板打找不着点，师傅批评他不求上进不肯创新。

大拿建议说不必让所有演员都做大褂，逗哏的众目睽睽没办法，捧哏的反正也被桌子挡住，做件小褂穿就行了。李少帮质疑如此上台不协调。大拿说可以改改上场方式，逗哏的还走上下场门，捧哏的学学刘欢和布莱曼，在桌子下面安个升降器，从舞台下面升起来，只要算准了步点，两人还是可以同时出现在台上，而且能加大观众的好奇心，增强演出效果。

41

少帮冷冷地给大拿建议，其实你也可以把大褂后补襟省了，只要横着身子出来，观众一样看不见，不过呢，我做小褂能省下四条大手绢，你省个后襟也就贡献出个围嘴。

金子觉得纸扇子虽然便宜但太容易损坏，不如定制几把不锈钢扇骨的，虽然先期费用高点，但后期的维护成本少，一把铁扇子经用呢。

刘云天赶紧提醒师傅，工伤的赔偿可比买扇子贵多了。师傅想想也是，继而要求我们节约的办法要合情合理更得合法。

烧饼继续在大褂上做文章，分析减布料也减不了手工费，其实省不了几个钱。但是大褂自己洗不了，只能送到洗衣店去又熨又烫，这笔钱下来很是浪费。我对烧饼提出这个问题很吃惊，因为别人的大褂常去送洗，只有烧饼的是自然风干政策，我们的大褂都能叠，只有他的大褂放在那儿都能站着。我们的大褂都是一色的，只有他的是五彩的，红的是西红柿酱，绿的是韭菜花，粉的是沙拉酱，淡黄颜色的是醋，发点白色的是蒜汁，可见烧饼常吃的不是卤煮火烧就是麦当劳。

师傅对节省洗衣费的提案很感兴趣，催烧饼快说解决方案。烧饼只注意到师傅面色慈祥，没留意其他人的目光如剑，这小子自己懒，又不甘心别人时常报销洗衣费，才在这儿大放厥词，看接下来怎么收拾他。烧饼说要想不洗就不能用普通的棉布和毛料做大褂，得用百分百的化纤材料或者干脆就用塑料布，塑料大褂经穿又耐脏，破了也好修补，找块不干胶粘上就行。

师傅对烧饼的创意拍案叫绝，但又觉得跟国家限制塑料袋的政策有点出入，决定先小范围尝试一下，就指派烧饼和小四儿各做一套塑料大褂看看效果。烧饼很得意，小四儿很无奈。

除了塑料大褂外，还有一个主意得到了师傅的认可，就是岳帅拍屁股迸发出来的降低园子内厕所使用频率，即通过加高门槛、封存蹲位、改造声控冲水的方法实现节能减排，这一工作自然也就交给了岳帅。

先说塑料大褂，师傅给烧饼和小四儿的置装费各200元，小四儿买的是正经蔬菜大棚用的塑料薄膜，找的是专业的裁缝。烧饼不知从哪儿划拉来了好几条老宜家的黄色大塑料袋，自己动手剪裁拼接，因为针线活儿不济，就从附近修鞋的那儿要了点502胶，粘成了一个物件，大体上是两个斗篷一前一后系在脖子上，两胳膊再各套一个塑料袋，接缝的地儿他嫌一点点抹胶粘太麻烦，索性用那种黄色宽胶带缠上几圈，倒是结实了许多。

小四儿的塑料大褂看着还算有个样，就是薄膜有点薄，透光严重。烧饼把黄口袋穿上，乍一看像是刚维修过的烧饼炉子。反正衣服是做完了，两人在后台转了几圈征求意见，我们全力以赴憋着才没有笑翻。

二人在后台看不出效果，决定上台试试，结果上去了才发现问题所在。两人前后脚上台，你知道后台铺的是地板，舞台上铺的可是化纤地毯，平常看不出摩擦起电的影响，这薄膜装和口袋装穿上可是电光四射，因为材质有所差异，小四儿的薄膜装是上面往身上吸，下摆往上翻，老有露出大腿的趋势，小四儿只能不停屈腿用双手抓住塑料大褂的衣角往下抻，再加上薄膜很有透视效果，怎么看小四儿都有梦露的神韵。

烧饼的口袋装相反，老是被地毯往下吸，勒得他脖子直痛，而且感觉到好些地方已经开胶了，就靠胶带绑着才没全线崩溃。管怎么样，穿什么是小，说好相声是大，烧饼想先调整下麦克风，怎料身上的静电和话筒的交流电发生了作用，蓝光闪过，剧场的保险丝都断了。应急灯亮起，烧饼身上只剩下了几圈胶带，黄色塑料袋制作的衣服片正在台上飘飘起舞。

　　那边小四儿救烧饼心切，双手来拉他，瞬间薄膜收缩，从大褂幻化为背心。德云史上最3S的一次演出，取得了巨大成功。出来救场的师傅也没忘记警告观众，谁敢在公社网站上贴出现场照片就立即取消纲丝资格。

　　台上的震惊还没有过去，洗手间那边又传出了呼救声，岳帅当时正在洗手间里抹水泥垫木头加高门槛，以使观众们知难而退放弃使用园子里的洗手间念头，不料突然停电，外面又是一阵大乱，岳帅赶紧往外跑，心慌之下突然想起自己已经加高了门槛，心想千万别把自己绊倒，于是提气往上蹦，结果是顾了脚下忘了头上，一脑袋撞上了门梁，倒下时又磕在了刚抹好的水泥上，好在是水泥未干，只留下了个头印，即便如此，岳帅也是金星环绕，无力起身，只剩下呼救了。

　　算上维修电路和整修洗手间的费用，该省的钱没省下，不该花的钱却又掏了不少。眼见两项节流政策都没有成功，师傅气得在员工大会上拂袖而去。第二天，我们都收到了通知，鉴于演出成本居高不下，组织决定把每月班车的费用上调50%，并按照人头收取。我们推选云龙去跟师傅理论，一则国际油价都跌了，班车成本又没增加，凭什么单独上调班车乘车费；二则除了住在大兴的几位外，其余人都坐不到班车，为何也要交钱。师傅的解释是这样，第一制定班车费的标准是依据中石化的价格指数（尽管这一指数只跟着国际油价上升，一旦下降了就长时间保持稳定）；第二既然车开不开都必须交养路费，路上堵不堵都得给高速费，有没有事故都得上交强险，那么坐不坐班车都交乘车费就再正常不过了；第三，让你们集思广益降低演出成本，你们不好好想办法，还嘲笑出主意的同志，必须认真自我批评，并无条件地接受由此引发的组织决定。

第七计：
无中生有

　　生意难做，可师傅是压力面前不低头的人，有困难才有机遇，有机遇绝不放过。对于我们而言，说相声是本，可人无外财不富，马无夜草不肥，光指着说相声可不能财源广进，这台前幕后一大堆人，必须有钱生钱的手段才能合家欢喜。

　　前两年都说拍电视剧加广告肯定能赚钱，想想也是，一集电视剧25分钟，配上半小时广告，剧中多加点隐性宣传，期间再有意透露些演员耍大牌、剧本打官司的小道消息，片子好不好看单说，能生事招骂吸引观众注意力就成。先卖独家首播权，再卖上星权，甭管是在央视的少儿还是外语频道，重播上两三回，最后大张旗鼓推向单像市场等着细水长流。拍片是辛苦，可是拍完了就能坐等收钱，但师傅血本投资的《相声演义》似乎名字没起好，城市相声管理委员会的领导们认为演义嘛，就应该多积淀历史的沧桑感，先放在库里，搁上二三十年再拿出来播，窦天宝就会和窦尔敦一样成为神话人物。播出那会儿，张阿妈妮也可以骄傲地对韩国小朋友说，《相声演义》这部德云历史大片中可以看到当年娜拉小姑娘的风华绝代。

都一上午了！！

　　师傅可等不了那么长，生怕录像带也跟桔子一样生了虫。生了虫的桔子咬咬牙可以当包子吃了，发了霉的录像带成了"毛片"是百分百卖不出了。

　　拍完的电视剧卖出去了是块金砖，没人买就是砖头，还是那种不用拍，想着就头痛的砖头。师傅算了算，拍完《相声演义》，唯一赚了钱的就是在现场卖盒饭的，早知道还不如拿钱成立个快餐公司好。

　　师傅没招时就组织开会，把压力分担给大家，这次要解决的就是挖掘出《相声演义》的商业价值来。

　　大拿先发言，说如果电视台不肯播，那我们就做DVD卖，攻占音像店。

李少帮提示大拿，相声音像制品出版同样得经过城市相声管理委员会审批，人家要是长安街限行，你去绕平安大街肯定也得堵车。

大拿不甘心，又提出干脆我们自己盗自己的版，自己刻盘自己卖，买盘还奉送演员的亲笔签名，肯定能挤垮路边抱小孩卖假发票的。

师傅叹了口气，说这主意他早想到过，但查了查法律，这制作非法出版物的罪过比纯粹盗版的大多了，特别是对于企业法人的处理更重。这纲丝虽多，铁匠可也不少，真被举报抓个现行，实在是得不偿失，除非有哪位肯以个人名义去操作。

一时全场寂静，师傅看了一圈见也没人自告奋勇，就把目光落到了侯震身上。

平常慢条斯理的侯震此时却动若脱兔，两步蹦到了窗户边上，摆出一副"如要难为名门之后，必宁为玉碎"的架势。

师傅开口暖人心，说想让你把窗户打开点放放烟味，你还真有眼力劲儿，得了，回来坐着吧。

侯震松了口气，金子却在一旁搭腔，师傅，这是二楼，跳一跳有益健康。祸从口出，金子多句嘴后就觉得右眼皮跳，果然散了会后，金子的电动车气门芯不翼而飞。

李根与侯震交情好，出手岔开话题，让师傅考虑把目光投向世界，国内播不了，可以卖到外国去，拿到外国版权收入会更高。

刘云天自是帮着金子出头反驳，说咱们拍的这是地道的京腔津味，老外哪里看得明白，拿英文配音吧，除了师傅谁行，难不成让汤姆·克鲁斯来给窦天宝配音，那如何配得上师傅的勇武睿智。要说只加英文字幕吧，好些东西也没了韵味，就算你是美国前总统，学

问大，你把这"说花二百块钱买一小猪，喷儿喷儿喝水，嘎巴嘎巴吃豆，隔墙头扔出去，'呲儿'一声，您猜怎么着？死了！"这段给我翻翻看！

李根也不含糊，当下接招应战，摸出商务通来了段汉译英——I bought a pig which cost me 200 RMB.I threw it over wall when it was(ZE ZE) drinking and (GABA GABA)eating bean. You know, what the result? It was dead, After calling(ZI)！"

我们为德云小猪有了英文版而高兴，师傅却不理会，只追问李根如何能卖出国际版权。

李根得意洋洋地收起商务通，头头是道地说起了做外版的想法。首先，这戏不能当电视剧卖，老外对于没有身体接触和不穿盔甲、薄纱的肥皂剧没兴趣，咱们得把它包装成纪录片，反正咱这戏里净是老天桥的场面，干脆就叫《天桥在1912》，老外左右是不懂天桥八大怪和四小云的区别，咱们怎么说都行。其次，要卖国际版权，就要找个影展入围宣传造势，大一点的嘎纳、威尼斯不好进，可以就近去文莱、不丹转转，只要出了国门就能体现国际文化的价格。第三也是最核心的部分，咱们要来个无中生有，在国外注册一家影视公司，购买咱们自己的《相声演义》，再在国外电视台哪怕只是按广告播出个两三分钟，也算是在世界影展获奖，引发欧洲观众竞争收看的世界级大片了。那时候，城外开花城里香，咱就等着国内电视台来竞价吧。

于谦忍不住要戳破李根的肥皂泡，强调这部戏已经是赔了，哪还有钱去国外成立公司，想法虽好，太不现实。

师傅此时却一拍大腿，说这主意我看行。外国成立公司也未必要花太多钱，只要找对了国家，英法德肯定不行，但有一个绝佳的选择——冰岛。这国家都要破产了，全冰岛人民都是杨白劳，正等着别人雪中送炭来投资。咱这时去送碗粥，冰岛人民也觉得是佛跳墙，估计我们在雷克雅未克注册个影视公司，没准还能被授予个荣誉市民啥的，唯一的麻烦就是冷点，李根你去的时候多带两条电热毯，这两天也多吃点麻辣香锅滋补滋补。

李根办理加急护照，收拾行囊做辣椒泥SPA，一切都妥当了去找师傅签字领差旅费。进了BOSS办公室，见师傅也给他准备了两个大旅行箱，李根很感动，说是该带的都准备好了，不劳师傅费心，只要钱能保障，肯定能马到成功。

师傅让李根甭客气，这两个箱子一个里面装的是帐篷和睡袋，现在组织财务不宽裕，希望员工们能克服一下，只能参照保定驴火大酒店的会员价标准给你报住宿费。虽然欧洲招待所会稍微贵一点，但

根子，接法宝，希望你出国以后要好好利用……

也不好因为你一人坏了规矩，其实你身体好，完全可以露宿，那样的话住宿费就可以自己留着了。

李根咽了口唾沫，心说还得多带点红辣椒过去，转头又问师傅另一个箱子里装的是什么？

师傅边打开箱子边激励李根，说这差旅费组织一向是先给的，但这次想有点变革，将差旅费和员工自身挂钩，鼓励员工以自己的本事提高出差待遇。

师傅把箱子里放着的《郭德纲话说北京》《我要幸福》《德云日记》《3S定律》各10本书、20副快板、30把有德云LOGO的扇子以及100条浆洗过的手绢都摆在了桌上。

师傅跟李根表态，所有这些东西都免费给他，到冰岛后可自由出售充做差旅费，多卖多得，少卖没辙。总之，过了这个槛儿，李根在冰岛的行程就一马平川。师傅期待他从雷克雅未克发回成功的消息。

为了避免李根临阵退脱，师傅派金子和刘云天去给他送行，曹刘把李根送进三号航站楼，看着他过了安检，扭脸却发现李根在边检那儿打道回府了。

边检警官问李根去冰岛是考察还是旅游。

李根回答："我要偷渡！"

第八计：暗渡陈仓

有观众批评园子里演出的段子重复率偏高，再好的段子连听一礼拜也腻，再响的包袱上下午的抖落也瘟，其实我们也不想重复，但老段子就那么多，除了不能说的和不知道怎么说的，各位听过的版本可能比我还多。出新段子又谈何容易，天下那么老些厨子见天煎炒烹炸，也弄不出个新菜系嘛。凡事怕对比，人家一辈子就唱一首歌也红了这么些年，高峰周周买彩票回回中不了他也没烦。说到底还是专业干相声的人太少，正规军和游击队加起来也凑不到一个团，游击队势寡声低穿不上"大裤衩"，正规军西服革履也开不成个专场，要说曲协可不远如作协人丁兴旺。

不过作协也有作协的难处，前些天我去逛书店，一进去就看到摆在门口的畅销书，这可跟园子里的演出相反，我们是把有能耐人气儿高的演员搁后头，让你等着；书店是把上了榜销路好的书搁前面，怕你忘喽。差异还有园子里说得好坏都是专业说相声的，书店里卖的书可不都是作家写的，看看排行榜，畅销作者有博物馆馆长、有海关公务员、有大学教授、有世袭的中医大夫，甚至还有几个世纪前的古

罗马皇帝。我们是天天说相声还觉得进步太小，人家是不干什么吃喝什么还能出彩儿。问题是那么多专业作家都干什么去了？想想，有去写剧本的，影视剧拍好看了，转回头来顺风顺水再卖书，电视剧拍砸了，就给国家节约木材，不费劲印书了；有专门改编的，把魏蜀吴换成新马泰，把先亲后抱整成先抱后亲，就是把别人的劳动转成了自己的智慧，被告了也不认账，你能想到，我就能想到，思维的火花哪能分出先后；有在网上开博客赚人气的，博客上的字攒得差不多了，结集成书拿出来卖，娶媳妇过年，一举两得，粉丝买回去只当温习功课。好在，博客的点击量跟他的书没什么关系，是跟他骂什么人或被什么人骂有关。早些年谁骂我我跟谁急，现在跟着师傅体会到，人家骂你是捧你；人家告你是交情；人家不让你上节目是让你多休息；人家给你穿小鞋是怕你走得太远，累死他也追不上；人家说跟你青梅竹马两小无猜，心甘情愿当小二小三儿，无非是想借你的人气儿多卖点唱片，明里含冤受屈，暗地舍脸逐利，人家都到这份儿上了，帮个忙又算多大个事儿呢！

也可能我的想法有点偏激，不过偏激不是错误，就是有错误也是代表组织的观点，而不是我本人的。我前面有金子，后头有云龙，左边有高峰，右边有提词的烧饼，我上面有师傅，师傅上面还有师娘，所以，我的错是大家的错，他们的错是他们的错。是的，我是个讲原则的人。

组织里数高峰最爱看书，我激励他自己写写，他说他正在酝酿人生励志题材的三部曲《教你如何成为畅销书作家》、《教你如何养好皮皮虾》、《教你如何说好小剧场相声》，我很期待这三本书。

继续说逛书店的事儿，看着看着，我又发现一个问题，现在书店在跟邮局、报亭抢买卖，开始卖"期刊"了，一个书名接着就是之一、之二、之三，按文言说是上部、中部、下部，按美剧习惯则分第一季、第二季、第三季，总之这些"期刊"都给人巨大的悬念，不知道写到哪儿是个完，不知道有完没完。反正，我买书有个习惯，先要看一眼尾页，要是看到"未完待续"或者"谜团以后揭开"之类的话就坚决不买，这和买烧鸡看完整度的道理一样，先甭管内容好不好，总不应该拿个半成品就来卖，没有结局的悬疑小说最恐怖；女主角该死不死，老也不死，死了还能诈尸的电影最可恶；我爱她，她爱他，我还认识他。都金婚了还集集打架，离了婚的反倒偃旗息鼓回到温柔乡。前十集和郭芙蓉谈婚论嫁，后十集却娶了她姐的言情剧最3S。过去，一个作家十年时间写完一本书，这本书可以留给好几代人看，现在一本书可以写成系列，只要卖得出去，就可以接着写；只要卖得出去，作者歇了，也可以找别人来当替身接着写；只要卖得出去，可能开头是恐怖小说，中间走浪漫爱情，后边就换成幽默故事了，反正，您看到第十本，估计早忘了头两本说的是什么了。那么《德云日记》又当如何？我讨论的是虚构类图书，报告文学另当别论。

　　说了半天书，是要说借书的事儿。李少帮爱看书也乐意买书，特别是算准了数量从网站上订，不光书价有折扣，人家还奉送一个装书的纸箱子，实惠又环保，攒多了还能卖钱。书多了家里搁不下，而且李少帮在园子的时间也比在家长，因此李少帮在后台自己置办了个书柜，网站送来的书就直接摆进去，大家伙都觉得随见随拿很方便。

　　不过少帮可没打算开私人阅览室，再加上人人看书的习惯不一样，有爱折边的；有爱窝角的；有爱沾唾沫翻书的；有像岳帅这样读书认真，随手在书上写读书笔记的；还有读到高兴处信手在文字上

画插图的，这人要是张德武倒好，热衷于此的却是小四儿。因此，李少帮刚买的《奥巴马自传》上配满了咸蛋超人大战蝙蝠侠。看着好好的新书经历风尘饱受蹂躏，李少帮本已心痛，一日又发现上午刚送来的整整一套《明朝那些事儿》六本书统统消失，李少帮心急火燎地四处打听下落，最终发现是烧饼将其中四本书用云龙的大褂包起来当枕头，另两本直接垫脚，躺在长凳上睡得正香。

李少帮把烧饼推醒，烧饼好梦被打扰甚为不满，迷迷糊糊地说："朕刚要传九霄美狐侍寝，却是哪个胆大的太监敢来惊驾。"看着被烧饼口水打湿并留下鞋印的"那些事儿"，李少帮伤心欲绝。

李少帮买了把将军不下马的大锁把书柜锁了起来，把书柜钥匙跟BMW钥匙拴在了一起，天天挂在腰上，断了大家各取所需的念头。

书不能随便拿了还可以借，特别是像高峰这样爱读书的人。高峰看书一目十行，还有走马观碑过目不忘的本事，因此觉得买书不值当，唯有借书看才快乐。每每见到李少帮就开口借书，弄得李少帮又开锁又登记十分疲惫。高峰看书还算珍惜，书原样去原样回，李少帮也稍感安慰。前天，李少帮整理书柜却被重重打击了，原来高峰是记得快忘得也快，为避免所借书目重复，高峰每看完一本就用狼毫中楷在书的扉页签上"高峰已阅"，完全抢了李少帮"青草自读"藏书章的风头。

李少帮吃了暗亏，索性在书柜上贴了张"藏书不外借，请免开尊口"字条。高峰看到也不往心里去，到月底开了一张借书单连带纸条，也贴到了书柜上，条上写的是"好书同分享，沉默也是情"。

下月，李少帮把标语改成了"要看自己买，任谁也不借"。高峰也是火起，找了把消防斧，叫嚣要劈锁开柜均贫富。李少帮听到风声

紧张万分，把110存成手机里的第一位亲情号码，准备高峰一有行动，就立即报警。

几日下来却是风平浪静，铁将军毫发无伤，李少帮估计高峰也就是逞一时之勇，刚想放下心来却又觉得高峰脸上笑意盈盈不大正常，急忙去检查书柜，开锁一看，书是一本不少，仔细再查新买来的书上又都被签上了"高峰未读"，李少帮气得一拳捶在书柜上，书柜的背板整个掉了下来，12个固定螺丝一半不在岗位上，一半单摆浮搁，定是被高峰从后山攻破了城池。

第九计：
隔岸观火

听相声促进食欲，特别是听完相声再来一碗地道的北京小吃更是舒服。园子附近有两家炒肝店，东边这家店面大环境好味道一般价格稍高，西面那家门脸小服务差手艺不错吃着实惠。同行是冤家，好在天桥客流量大，两家的生意都还红火，长期驻扎的黄牛和憋着来采访负面消息的记者都是炒肝店的常客。岂料风云突变，自打师傅的"大忽悠专场"成功举行以后，黄牛的日子还不如奶牛好过，纷纷转场去倒卖水魔方的门票。想报组织分崩离析锅翻碗倒的记者，守望了些时日，看不出希望就转而去关心本山大叔落叶归根可能流落到枫叶上的事宜。两股势力一撤，天桥清静了许多，炒肝店的主要客源就只能指望纲丝们了，因此，如何拉拢纲丝就成了两家店掌柜的头等大事。

都是做炒肝的，想法也不谋而合，东家店托情托到李少帮，西家店找关系找到何大拿，都希望请师傅出任自己炒肝店的代言人。本来邻里之间相互照应是应该的，但师傅考虑到炒肝的工艺挺复杂，不晓得会不会也加入科技创新的成分，何况既然鸡蛋有被污染的危险，

那么猪下水也未必安全。再者师傅现在正考虑把德云企业向国际化发展，那么代言的食品也一定要符合国际餐饮时尚才行，而短期之内，炒肝或卤煮成为比萨饼馅料的可能性还不大。另外，两家店一个找了师傅的老搭档，一个走的是师傅的大徒弟，答应哪家都得罪另一家，不能厚此薄彼，因此代言的事，师傅不便出马。师傅向两家店都推荐了另一个代言人选——烧饼，看着喜兴，名字也贴切。但两家掌柜的都认为，用烧饼代言炒肝有喧宾夺主之嫌。

代言行不通，东家店掌柜的琢磨要曲线救国，请少帮务必在相声里加进本店的隐性广告，代价是全年的免费炒肝券。于是李少帮再唱《饶口令》就把"打南边来了个老头"，改成了"打东边炒肝店来了老头"，把"面铺的棉布棉门帘"升级成"东边炒肝店的落地大窗帘"，虽然词要赶一赶，但辙不变听着依然顺耳。这一做法果然有效果，纲丝被拉去了不少。

西家店主照方抓药，以店内长年VIP包桌的代价请大拿多多宣传，于是大拿的太平歌词也有了新意，"春游苏堤桃红柳绿，夏赏荷花放满了池塘"改成了"春游苏堤来碗炒肝，夏赏荷花西边的最香"。在大拿明目张胆的调唆下，客流又奔西而去。

倘若大拿和少帮各演各的也相安无事，问题是他俩焦不离孟孟不离焦，同在台上各为其主就有点不妙，大拿刚要拿西边店现挂，少帮马上咳嗽喷嚏擤鼻涕，句句话都往大拿的腮帮子上接；少帮若开口给东边店叫好，大拿马上寻个喷口过去，把少帮的半碗炒肝生生噎回去。一来二去，俩人的斗争升级，直到把一趟《红事会》演变成《白事会》，把《文章会》引向了《大保镖》，准备在台上动口又动手，把暗斗改为明打。

炒肝大战

我一看形势不好，急急向师傅汇报，师傅赶来才算将局面及时控制住。

师傅重申了内部纪律，组织里的人都不可以介入两家炒肝店的竞争，不得替任何一家拉生意，否则不管你原来是倒二倒三还是开场捡场，一律改做门童一个月。

师傅的铁腕政策有了效果，大家都只好冷眼旁观两家店的比拼。

东家店见动员不出组织内部的人继续做广告，就在店面环境上做文章，希望以此讨巧，得到纲丝们的好感。于是，店里好多地方都贴上了标牌，分别写"郭德纲曾经餐位""于谦撒芝麻处""高峰等位排队处"等等，大打怀旧牌。

师傅得知这一消息，虽然不高兴，但是那炒肝店他也的确去过很多回，人家那么标也没什么错处，算不上假新闻，只好随他去。

61

西边店又失了先手，掌柜的苦思冥想下决心在餐具上做文章，于是金子用过的筷子、大艺使过的勺、恐龙磕坏的碗、张蕾摔裂的壶纷纷出现，这种与偶像超时空接触的方式很受 90 后纲丝的推崇。我们去吃炒肝的时候谁也没在餐具上做过记号，人家说是你使过的，你说不是，你又拿不出证据，这种官司要打起来赢的可能性不大，还是算了吧。

不过这种打明星牌的促销手段只在短期内有效，时间一长，纲丝们新鲜劲一过，两家店的营业额几乎同时下滑。这回是西边的炒肝店先出招了，吃五碗炒肝赠送师傅的相声 MP3 一段，笔记本电脑就摆在收银台上，现钱交易，当时吃当时拷贝。这就有点过了，师傅让我去向城市相声管理委员会举报，委员会纪律组专门开了三天会，研究的结果是这种商业促销手段没有出现过，由于无法衡量五碗炒肝和一段相声的性价比，因此难以定性，不能对西边炒肝店做出处罚。

东边店见这种促销方式钻了空子，便凭借本店电脑配置更高的优势，推出吃十碗炒肝赠送师傅的相声视频一段，有影的肯定比光听声强，纲丝们虽然受华尔街股市影响也是钱紧，但可以团购，几个人凑一凑买上十碗还是没有问题的。这回师傅亲自去向委员会投诉，委员会态度很强硬，表示不能以行政手段介入经济纠纷，让师傅直接去法院上诉。师傅只有当被告的经验，对当原告的心理准备不足，犹豫之中，炒肝换视频的方式已既成事实，于是盗版市场里的德云相声 DVD 除了早期流传版、星夜剪辑版、园内偷拍版，又多了天桥炒肝版。

眼见着抗争无望，师傅冷静下来，派出高峰和史爱冬作为全权代表分别去和两家炒肝店谈，为了表示师傅的诚意，师傅还组织在相声公社网站上进行了一次民意调查，询问纲丝们最偏好的炒肝口味，并把调查结果无偿提供给了炒肝店。

史爱冬跟东边炒肝店掌柜传达说，纲丝觉得炒肝虽好吃但吃多了容易上火，因此应该在原料上加以冷暖平衡。据调查，甜酸口的炒肝销路最好。东边炒肝店听从史爱冬的建议，在炒肝中放了整个的山里红。

高峰跟西边炒肝店聊得很投机，高峰说这纲丝里数北京和天津人多，别看两地儿踢球打架，在爱吃小吃方面还是挺和谐的。只要能对炒肝的构成上稍加调整，不光北京人觉得更顺口，天津人也会喜欢非常。据调查，海鲜味的炒肝最易被接受。西边炒肝店从善如流，切碎的皮皮虾也进了炒肝锅。

与此同时，因为专门给鸟巢送盒饭而歇业了一段时间的"于记主食厨房"恢复营业，主打传统炒肝，开业头一个月促销，买二十碗炒肝送师傅签名的《德云日记》一本。

炒肝大战以德云一统江湖而结束。

第十计：
笑里藏刀

　　李少帮最近老被莫名其妙的短信困扰，不是让他往什么什么账号汇款，就是替他寻仇要账调查婚外情，再不就是要卖给他打折机票、空白发票或者防狼剂，还有的是宣传海边或山沟里的别墅敬请垂询。这些垃圾短信要是白天发来还好，瞧一眼随手删了，可气的是半夜里不请自来，少帮睡眠本来就不太好，有点动静就醒，一条短信就能让他少睡半小时。那你说，把手机关了不就行了。那可不成，组织内部对此有严格规定，员工必须保持通讯24小时畅通，随便关机或者恶意不接的都按旷工论处。组织这样要求，一是防备后台出现意外，随时能找到人救场；二是怕假报料出现后，记者把你的关机当成默认；三是咱和美国昼夜颠倒，怕错过了奥巴马办堂会的邀请，影响了德云的国际化进程；最主要的是半夜里师傅的创作灵感迸发，得立即找人搭一下词，再请对方速记下来，免得师傅睡醒一觉就忘到了爪哇国，正因为此，于师叔的头发才愈来愈珍贵。师傅要是仅抓住于谦一人还好，他是打电话等候七秒钟，若于谦没接，就又给李少帮拨，李少帮动作慢点接茬换成大拿的号，然后顺着排，一般你给他回拨的时候他那里还正占线拨号。最高记录，等到烧饼接电话时，师傅已经吵醒了17个人。好在这种情况也不算多，不然我们就得排班，每天留一位熬夜，准备接听师傅电话。

那你又说，少帮把手机调成震动不就动静小了吗？一般短信也就震两下，不会惊了好梦。可是偏赶上李少帮的手机是电视购物里宝岛侯总推荐的全能战士手机，电池高效，动力强劲。一天晚上睡觉，少帮把手机调成了震动，放在了台灯边上，结果碰上了老板来电，震到第五秒时，刚醒过来的少帮就被震倒的台灯又砸晕了。一朝被蛇咬，少帮手机的震动功能被禁用了。

垃圾短信烦人倒是骗不到少帮，反正能忽悠人的就那点东西，你不想占便宜也就吃不到亏，看一下发短信的手机号码，在北京卖奥运门票，使的是靠山屯的小灵通，估计他连国家体育场和国家体育馆都分不清楚。

只一次李少帮想试试，给对方 MALULU 回了个短信，问能否帮助向高峰索赔图书折旧费和书柜修理费，MALULU 大包大揽，表示高老板若不肯出钱则必然出血，卸胳膊五千，掰大腿一万六，前提是少帮先掏定钱，MALULU 再提供讨债服务。少帮算算不值，一套《哈雷·波特》出齐了也不会超过十来册，重新买套新的也比教训高老板便宜。MALULU 很遗憾，踌躇了一阵又说，本公司还可以批发盗版书，打八折，少帮要是买上两套《德云日记》，还可以赠送红木书柜一个。李少帮觉得其中有诈，赶紧挂了电话。过不多时，MALULU 又发来短信，划伤 BMW 六百，盗走 BMW 牌照两千，请少帮好好考虑。李少帮把短信转发给了110。

少帮打听有没有短信屏蔽器卖，能让手机清静一点。运营商表

示不能破坏公众的短信交流权，并向少帮推荐了"非信"，是非曲直，信不信随你。

比垃圾短信更可恶的是假熟人电话，打过来假装老朋友久没联络，让你猜猜他是谁，甭管你说是易建联还是林忆莲，他都顺坡下

驴，叙旧一番，接下来不是说在外地出差请你帮忙给他的手机充个值，就是说进行超越 3S 的 3P 游戏被抓到，求你汇点救命的罚款，总之看在熟人面子上，让你资助一点。

少帮只接过一个这样的电话。

李："我是李少帮，你是谁呀？"

骗子"师兄来杯水"："我你都听不出来，真是贵人多忘事，你好好想想，猜猜我是谁？"

李："讨厌，我刚说完打灯谜，你又让我猜，别着急呀，这些日子事多，容我想想，你的口音很熟，是陕西还是山西来着？"

"师兄来杯水"觉得秦腔和晋剧还是区别挺大的，只怪自己学方言的手艺不精，忙答自己东奔西跑口音有点杂。

李："东奔西跑，那你最近还挺忙的，出差挺辛苦，如今干哪行都不容易，不过也得常回家看看，像我不管演出再晚……"

"师兄来杯水"怕李少帮把话题扯远，只催少帮快想他是谁。

李："别急嘛，容我想想，要不这样，过半小时你再打回来，让我回忆回忆。"

"师兄来杯水"没办法只好挂了，苦等了半小时又给了过来："还是我，你想起我来了吗？"

李："刚我还想起来了呢，后来大拿一打岔，我又忘了。你直接告诉我得了。"

"师兄来杯水"只好瞎编，说是一个和李少帮特熟的观众，上回何李专场还给送过花。

李："花篮是吧，挺大的那个，头里有百合，后边还有满天星，配着牡丹、金桔、串红……"

"师兄来杯水"不想听李少帮背花名，只管答应说是，只盼着唤起李少帮的回忆后，就赶紧往借钱上转。

李："那个花篮看着挺好的，但你让人骗了，别看外面的花不错，那根都是烂的，搁一天就不成了，我跟你说，买花就得自己一根根挑，再看着插花，就跟买螃蟹一样，你看那螃蟹腿动，实际上是卖螃蟹的手在动，而且你还得防着他秤不准……"

"师兄来杯水"再次打断李少帮，说既然您想起我来了，那我有个事求您帮帮忙。

李少帮叹了口气："要票是吧，这可有点难为我，公司有限制的，园子地儿也是有限的，一张票配一把椅子，对号入座，让你站着听也不合适，你要是自带马扎的话，我想法让你进来，可是有人问，你就说是来找何云伟的。"

"师兄来杯水"觉得从福建去趟北京就为了白听一场相声，实在不合算，一怒之下挂了电话。

少帮没说完就被挂了，很不爽，遂发了个短信过去：我想起你是谁了，一句话不让人说完，一部电影不一次演完，赤壁打仗打了半年，上下集档期间隔十个月，曹操没被烧死也得给急死，周瑜不给气死也差点被馊死，诸葛亮夏天摇扇子要冷静，冬天还摇就是不好意思——路途遥远，投资数亿，需要票房。一双鞋拆着卖的结果，就是匹女有责的孙尚香生生被画皮女鬼抢去了风头。

"师兄来杯水"见不管怎么样，反正是蒙出了个合法身份，有继续骗下去的希望，立即回短信给少帮，询问自己到底是谁。

李少帮短信答称——你姓猪，叫萌萌。就是被诸葛亮接生并被周瑜冠名，羞愧不想见荆楚父老的小马。

少帮进了骗子们的黑名单，属于不能招惹的对象。

比假熟人电话更缺德的是未接来电，就是那一种打了0.1秒就挂上，看你回不回的神秘电话。要一般人也就不当回事儿，我就不给你回，气死你，可少帮偏又心重，怕是纲丝打来的，不回有摆明星架子的嫌疑，更怕是FBI打过来，不回就错过了给奥巴马当音乐老师的机会。顺便插一句，师傅的军事顾问身分已是昨日黄花，美国借了咱国家好多钱没还，布什欠师傅的西征军费也没给。

第十一计：
李代桃僵

人人都有天分，只是有的人自己没发现，或者发现了但没发挥出来。师傅的天分一是说相声，二是异想天开。

不小心听到师傅和王海的谈话，他们正酝酿一个挣大钱的商业计划，他准备将相声上市，不过没有专业设备帮助，听到的信息断断续续，但显然这又是一个具有挑战精神的创举。

虽然听到的内容不完整，但师傅的心思也不难猜。师傅今年实施的大事比较多，继续拍电视剧，开评书园子，办评剧社，组织快乐依然大汇演等，这些公开活动多是砸钱的买卖，没有充足的财力支持是办不成的，特别是电视剧，光拍不播是百分百的干赔，如果《相声演义》只是一个传奇的话，那么至少师傅不用为出现盗版操心。

有天大的困难也一定要挣钱，还必须在短时间内挣到足够的银子，除了自己印一元假币和传销大褂以外，能实现这一目标的方式也就只有把组织上市，收集民间资本复兴曲艺。但不知师傅有没有具体的实施方案，究竟如何运作。特别是师傅讲的是相声上市而非公司上经费，经费……

市，这其中蹊跷我得找人探探口风。

当然我得把这一消息先告诉高峰，高峰晃了晃脑袋："老郭确实有思路，上早市确实是辛苦些，但也是开源的渠道，像这个皮皮虾就

是早上活泛，买主也多，搁到晚上夜市，皮皮虾疲软就卖不动了，落价都不成。相声早市嘛，可以降低票价，不送花茶送茶汤，听着贯口吃油条肯定顺口，再不行还可以卖点汉堡热狗海鲜粥啥的，不然园子空着也是空着。"我看高峰的皮皮虾生意也就能做到游商这一级，没有经营头脑，恐是开不成店铺的。

我再向大拿透露，大拿将信将疑："撂地的时候相声可以按段收钱，开了园子就是按场卖，再不也顶多是去个堂会按人头收钱，相声上市怎么个卖法，不明白。"

问了俩人没有合理的解释，我刚想就此打住，不再打听了，却被人一把拉住，我一回头，当下觉得冷风嗖嗖，拉住我的是史爱冬。史老师身不宽心更窄，最容不得别人背着他聊天，认为不了解真相就容易被伤害，即使你们是在讨论火箭的新三巨头，史老师也会觉得是三缺一有意不带他玩。

史爱冬质问我："背着我说什么事呢，又想算计我不成？"

我自知逃不过他的纠缠，便和盘托出，史老师听完很满意，一边拍手一边表示果然不出他所料，这想法他也早就想到了。

我不放心，嘱咐他可千万别跟别人说呀，这个计划可不是官方消息。可惜心窄的人，没有地儿放太多的事儿，听到了不传播出去，更是没有道理。所以晚场开场前，除了师傅和于谦不知道，连门口卖煎饼的都知道德云相声要上市了。我觉得这样也好，师傅若追查起来谁是泄露消息的源头，大多数人都会指认史爱冬，我只要跟风并坚称自己不知情，师傅也就不会怀疑我。

要说挣钱的事儿，金子最有想法，把沙子变金子是他不变的梦想。对师傅这个创意，金子进行了具有科学精神的推论。金子认为相声是不能上市的，因为著作权的问题不明确，有了收益不好分。终究得把相声公司上市卖股票，在股市里增加文化股板块，推出德云相声股，肯定收益颇丰。

李少帮对股市多少有点研究，觉得金子的推论不靠谱，国内股市对公司上市的要求很多，目前组织的情况还远达不到标准。

金子强调这才是上市计划的精妙所在，现在全球金融危机，有危险也就有机会，甭管什么招式能救市就行，相关政策肯定会放宽。就说老百姓手里有点钱吧，房价太贵买不起，车虽然降价了，但买了得分号限行，算不准日子就得挨罚；投资黄金怕跌，投资古董怕假，放股市里怕心脏受不了，放基金上怕没了本，存外国银行怕破产，存国内银行怕降息，搁家里怕让老婆翻出来，搁兜里怕让贼惦记上，要说就只有放在加油卡上保险，国际油价涨，他们就跟着接轨，国际油价降，他们就保持国内价格稳定，

实话实说，除了跟国家报亏损，好像就没有掉出财富排行榜的时候。没钱有没钱的苦，有点钱就更多点儿愁，既然什么投资都不保险，那还不如投到相声里来，就算赔了也能乐呵乐呵。说相声的不怕穷，实在不行就还撂地去，反正没什么道具也不怕被管理员抄了走。

金子说得很兴奋，李少帮却不以为然，道理虽多，实践的可能性太小，人家官面上想盖个相声博物馆都还筹不齐钱，咱这江湖组织更难，别的不说，城市相声管理委员会审批那关就肯定过不去。

金子："怎么审批过不去，没试过怎知不成。子非鱼，安知鱼之乐？"

李少帮："鱼你个头，就算审批过了，人家园子的票都没不着，谁会买你的股票。"

金子："有钱就可以扩建园子了，而且鸟巢还空着呢，博尔特能脱鞋跳舞，我就不能赤膊说聊斋嘛？！"

刘艺也觉得该声援下金子，友情建议，德云股票除了普通公众股，还可以设立特种黄牛股，黄牛们的成长可比园子的发展快得多，也到了正面出现做点贡献的时候了。

金子见有人帮腔，更加气壮："就算听不着相声，也不妨碍买德云股票呀，就说少帮你吧，你看过石油是怎么采出来的吗？你知道石油是怎么提炼成汽油的吗？你了解为什么加油站总是后半夜调价的吗？你不知道，可你不还照样买中国石油。"

李少帮被金子噎得够呛，也不肯罢休："那我再问你，这相声股票的业绩怎么算，涨了红利怎么分，赔了被收购了怎么办！"。

金子："只要有演出就有收益，弄出个新段子就能见到小牛，师傅要是又被告了就是熊出没注意,而且德云股价还可以和园子票价挂钩,要涨一块涨,实现双赢。万一师傅再投拍个《德云演义》,拍了还是不让播,那大不了公司被收购了呗,趁股民不知道咱们把后台行头卖了,把钱一分,再成立个德鹤社什么的接着上市。反正,咱们值钱的就是软件,特别如我。"

趁着李少帮运气的当口,高峰问金子:"你说咱们能拿到原始股嘛,会分多少,要是自由申购的话,我就把皮皮虾退了,多买两股。"

金子气得李少帮没话说,正志得意满,热情鼓励高峰:"当然会有原始股份,咱们还应当是 VIP 大户呢,相声股票应当是稳健股不是暴利股,我等需共同努力提高公司业绩才行,你去开个认购单,看看大家意向买多少股,回头我拿去给师傅看看。"

第二天,想当VIP大户的金子拿着汇总好的认购单去找师傅,结果明白了VIP的概念就是"为挨批"。

师傅和王海讨论的是给城市相声委员会打个报告——《相声上市里两会讨论分级问题的提案》。

第十二计：
顺手牵羊

　　师傅的胃口越来越大，从小房东转行到餐馆掌柜，当了一回不知哪朝哪代的九品县令仍不过瘾，又要组织开拍大戏《县长老叶》，戏里师傅正襟危坐断案如神，片场里师傅运筹帷幄权倾一时，说让你洞房花烛前夜死，决不留到鸡鸣三遍生。

　　开机仪式上，师傅教育我们，相声和电视剧都是艺术，都需要灵感的闪现，相声的灵感表现出来是砸挂，电视剧的灵感集中体现为砸钱。作为编剧师傅警告我们，如果我们不按照写好的剧本一字不差地演，信嘴胡说改词儿的话，就剥夺我们以后砸挂的权利；作为导演师傅鼓励我们，在片场要勇于突破，不因循守旧、死记硬背台词，要能自己开拓戏路；作为主演师傅提示我们，只要不抢主演的风光，怎么着都行，越高兴越好。我们实在掌握不好尺度，请教制片人师傅，制片人回答言简意赅，播得出去就好，要砸手里就砸各位的饭碗。

　　虽然有压力，我们仍然乐于拍戏，说相声，特别是老段子大体上都是照本宣科，结构不动，情节依旧，添加些包袱而已。拍德云电视剧则充满了悬念，别人是先写好剧本，根据角色选演员，定好场景

再布灯光，我们是剧本和拍摄同步，根据演员增减角色，看看天气决定拍内景外景，有着很强的不确定性。

师傅安排演出采取轮换制，选用演员也是这个路数，这部戏里你演英雄，下部戏里就演恶霸，这次是主创，下回就是茶水，上场戏是路人甲，下场戏改当匪兵乙，好坏均分，人人都有积极性，当然主演除外。

之前拍县官的时候，侯震的戏份不少，所以他志得意满，而到了县长这里，侯公子就只能当个助理剧务。但侯震演戏的兴致颇大，他觉得相声里说王侯将相都是假的，电视剧里桌上床上至少更接近生活。侯震要去向师傅求情，李根也想搭个便车，多多少少安排个角色，片尾字幕里留个案底，也算涉足影视圈了。

师傅向来对侯震关照，马上编了一段贼人拦路抢劫，狭义县长路见不平手刃歹徒的戏。侯震演歹徒，李根扮被抢的客商，师傅本色英雄出现。

这额外的一场戏，先是找了个拍摄的间歇，朗朗晴天下，李根扛着包袱走来，被侯震一闷棍打倒，接着叶县长路见不平奔过来，一枪崩了侯震。按照师傅吃煎饼时草拟的剧本，这就是个过场戏，三个人都没有台词，以县长骄傲地吹了吹枪口的POS结束，可实际上大大超出了预算。

头一次拍的时候，先是李根扭扭捏捏不好好走路，说给客商设计了个矜持的性格。被导演骂了以后，李根又开始用假的慢动作前进，说这样能体现出客商急于归家的心情。一边客串场记的史爱冬看不下去了，说你心情这么急迫还高抬脚轻落步？成心延长出镜时间！李根答反差才是艺术。导演表示，李根再不正常走路，就只拍背影。要挟住了李根，侯震又出妖蛾子。他应该从后边摸上来，打李根一棍子就得，结果他竟然从后边超越了李根，拦住客商大唱山歌："贷款修路，要过掏钱，先赔后赚，福利子孙！"接着便耍了套五狼八卦棍卖弄，结果把举着反光板的云龙和拿着话筒吊杆的云侠都打翻在地。

重申了片场纪律之后，挑事儿的又是李根，被侯震打了一棍子之后，他竟然晕而不倒，摇晃着和侯震搏斗，侯震将计就计，把棍子扔了和李根演示开了拳脚功夫，不像三拳两脚能收招的样子。叶县长只得挺身而出，一枪一个把歹徒和客商都毙了。

两个"死鬼"躺在地上，导演师傅又觉得主演上来就开枪似乎太突兀，要么说两句，要么换个应手的家伙，正在思考时，两个"死鬼"觉得没事了，想爬起来去领盒饭，却被史场记踩住，告诉他们导演没喊停，演员就不能动。半小时之后，导演师傅有了创意，让主演师傅把盒子枪收了，换了一副桃木的双截棍。调整好机位，导演下令歹徒和客商起来，两人躺在凉地上早就麻了，互相搀扶着起来，站定刚要活动活动僵硬的四肢，主演师傅又冲将上来，断喝一声"急急如律令"，轮起桃木双截棍将二人又打倒在地，于是新戏里又增添了英雄打僵尸的奇幻色彩。

导演师傅设计的最后是一个长镜头，刀锋战士县长打死僵尸后，天下太平，摇着双截棍大步迎着夕阳而去。怎知天下已平，路却不平，主演师傅光顾着挺胸抬头摆造型，没注意脚下有坑，摔的筋斗比僵尸还漂亮，好好的长镜头只能作废。重新来过，从打死僵尸之后拍，主演师傅却又找不到除恶之后的坦荡之气，建议二僵尸倒下起来再搭一下戏。李根和侯震没有选择，只能再次中枪倒地，过会儿再蹦起来挨棍子。这一遍拍摄的还算顺利，只是最后师傅大步走时已是夕阳西下，这和前面歹徒劫客商的中午戏根本接不上。导演师傅沉默了一阵，宣布子时再拍这场戏，云遮月打僵尸更有氛围。只是苦了李根和侯震半夜接地气，一动不动两小时，想起都起不来了，导演师傅只好让人上威亚，钢丝一拽两人直挺挺地立起来，倒符合角色特点。

这一段戏的最后挫折发生在师傅身上，他棒打僵尸后，豪气冲天，想效仿下《功夫》里周星星的招牌动作，气运丹田一声吼，震破上衣露出胸肌。为此，道具张德武特意将主演的服装煮了十遍，基本上一碰就能撕道口。实拍时，顺利进展到了亮相环节，师傅举头望月一个超高八度的"叫小番"，不料，道具提供的裤带比上衣更不结实……

总算拍完，李根感觉影视圈风险太大，最好敬而远之。侯震泡

了一杯藿香正气煮姜丝喝下去，有点暖意，又来找师傅要求再加两场戏。编剧师傅爱莫能助，人都死了鬼也死了，还能加什么？

侯公子不愧是名门之后，说人死了可以拍前传，鬼死了也能托梦，实在不成就附身，出不了影只用声音塑造角色也成。师傅问侯震想附到谁身上，侯公子答叶县长。

侯震再没得到出镜的机会，连助理剧务的工作也让刘源顶了，好在那场歹徒劫客商的戏没被剪掉，侯震和李根也出现在片尾字幕里，分别标称胖僵尸和瘦僵尸。两人气不过，趁道具张德武不备，一个拿走了师傅的盒子枪，一个得到了桃木双截棍，准备去打劫素材库，毁了自己扮僵尸的证据。

第十三计：
打草惊蛇

　　城市相声管理委员会的一位不愿意透露姓名的官员告诉师傅，委员会正考虑将天桥园子改造成相声世贸中心，以形成文化产业的黄金链条。原本师傅就有扩建园子的计划，只是苦于资金没有着落，要是委员会肯投资当然欢迎。

　　神秘官员嘱咐师傅，要尽早提出一个相声世贸中心的方案设计，别被唱鼓曲的或演皮影的抢了先手，有了方案就能推动此项工作的尽快立项。师傅马上召集专门会议，关上门让我们拿方案。

　　大拿正为新租的房子暖气不足犯愁，于是提出相声世贸首先要环境舒适，改变园子透风不隔音，夏天热冬天凉的局面。要让观众舒舒服服地欣赏相声，因此应当建个相声水城，包厢里有冲浪浴缸，一般观众都泡盆塘，还是六个人一池子，茶壶放在水里也不会让观众喝凉茶，能减少观众中途去洗手间的概率。师傅疑虑昌平有地热，天桥哪来的温泉。大拿说中水管道已经接通了，安个大锅炉就行，成本都记在观众身上，征收燃煤费。

　　对相声世贸主打洗浴的计划，李少帮坚决反对，台上两人长袍

大褂严严实实，台底下几百位都泳衣泳裤，将极大转移演员的注意力。而且，一场相声大会两三个小时，观众一直泡着非酥腾了不可。

大拿注解演员可以戴墨镜上台，眼不见心不偏。要是担心观众体力，则园子可以和良子结为合作伙伴。看哪位在池子里撑不住了就叫良子的伙计抬走做按摩，观众能得到身心两方面的享受。更重要的是，相声水城可以扩大经营范围，形成品牌效应。你看昌平那水城先找出来了红楼梦中人，又打出了龙的传人。咱这相声水城，也可以搞搞活动，选选都市浪人。

听大拿说到扩大经营范围，我吓了一跳，想起师傅开"大忽悠包场"时，听警察讲的段子。

警察去洗浴中心查房，小姐小心翼翼地回答。

警察："你们有什么项目？"

小姐："就是头部按摩和足底按摩，全都是正规服务。"

警察："那怎么会有人投诉你们有色情业务，生意还这么好，说说这两项是怎么操作的？"

小姐："脖子以下都是足底，膝盖以上都算头部。"

师傅否定了大拿的主意，主要是考虑到每场演出都有观众堵着后台口签名合影，这是观众抬爱必得满足，但要是观众穿着比基尼或裹着浴巾就来堵门，小报记者非乐疯了不可。

金子认为好的演出环境不如上佳的演出品质，只要观众心情愉快，环境差点也无所谓。金子要改变现在每周自定演出节目单的传统，观众来了想听什么，咱就演什么，那观众才有上帝的感觉。

刘云天有疑问，好几百位观众，众口难调谁去统计？

金子这才抛出方案的核心，相声世贸采取全程电脑操作，实行观众实名制，只要进了门就有电子记录，起哄刨活儿摔茶碗的列入黑名单，下回再来加收百分之二百的管理费。每位观众进相声世贸的门先选节目，把想听的段子告诉电脑，电脑自动形成统计表，传到后台，演员再按单子演出。

烧饼插进来问，观众定节目，可是演员会的有限，要没人点《武训图》，有的同学就没有上场机会了。

金子胸有成竹，观众是不能由着性子点的，这相声世贸得跟回转寿司取取经，按段子定价，《地理图》十块，《怯拉车》三十，《我是黑社会》一万，观众看价目表一目了然，肯定会量力而出。同时，为了回馈观众，相声世贸每周推出一个特价相声，比如本周《反七口》优惠，只售三块钱。

金子的打算可以聚财，可师傅觉得都交给电脑不大稳妥，每五分钟给你黑一次屏幕，岂不耽误生意。要是去买正版，鸡蛋美国卖一块钱，到了中国就卖二十块钱，生产成本降了，价格却提升，摆明了被黑一刀也不合适。

师傅还担忧一点，万一观众都挑三块钱一段的特价相声点，挣不着钱不说，一晚上七个节目都是《反七口》，演员非说吐了不可。

史爱冬觉得到了发言的时候，指责大拿和金子的思路有问题，还停留在服务观众的层面上，已经建成了相声世贸，就应该以我为主，提高演员特别是班主的地位，强化卖方市场。

史老师要改变相声大会的形式，把观众进场等演员依次登台，改为演员分别坐镇各自的演出办公室，等着观众排队进门来听。比如观众要听郭班主就要提前来挂相声专家号，拿到号再排队等着召见，一上午班主只接待五拨观众，每拨接待时间不能超过半小时，这拨出

去下拨进来，观众不许提出返场的非分要求，否则班主就拉警报叫保安。更关键的是，观众进了屋都得听班主的，要是班主来一段《买卖论》那算你是赶上了，要是班主正接电话谈合同，那你只得等着，过了时间必须出去，还不能怨天尤人。其实，你听着了高兴，听不着也得高兴，就跟进医院被所有设备检查了一圈，说你有病你得掏钱，说你没病你要掏钱的道理一样。

挂号听相声，最能体现出演员的人气和身价。为避免观众扎堆，浪费宝贵的演员资源，还要聘请几个身强体壮的引导员兼保安，看着挂号时犹豫的，说话带阿拉伯口音的就往值班演员那屋拖，只要扔进去就开始记价，至少能把挂号问询相面的钱收了，以保证相声世贸正常运行。

师傅没发现史老师有坐堂大夫的潜质，不过挂号制的方案还是

有可行之处，演员可以对观众提供一对一的服务，顺便促销点签名商品，一天开方子卖掉几十条藏红花药水泡过的手绢不成问题。另外，以后组织再做大褂也可以省下染色的钱。

对史爱冬相声医院的建议，最支持的是文顺大爷，老先生对传统医学最具研究：一是狗皮膏药能保暖，二是药丸子不如四喜的好，三是脑黄金里没金砖，四是吃了砒霜活不了。

师傅让史大夫加班写出了方案，送去城市相声管理委员会审批，并承诺史大夫，如果方案得到批准，就让他担任相声世贸的保安队长。

委员会几位领导都不在，那位报信的官员接待了师傅，表示因为明后年都没什么大型的国际相声赛事，加上还不知道谁能当上委员会的新任执行副主席，所以相声世贸的兴建和相声国家队主教练的人选都要先放一放。史大夫的制服理想遥遥无期。

第十四计：
借尸还魂

某单位觉得自己的新大楼"大裤衩"的民间叫法不雅观，正在内部悬赏征集好听又响亮的官方称谓。在此之前，烧饼一直认为名字就是个代号，不绕嘴好写就行，何况还是个外号，叫大拿的不见得是大个，叫菁菁的并非都是小姑娘，叫金子的不见得有钱，叫小四儿的也不都爱东抄西摘。当然也有神形如一的，长得就是一副欠揍的样儿，叫阿扁实至名归，躲不过官司，落个代号2630，估计后半辈子只能在号里过了。

至于这个大楼嘛，是个裁缝就知道做裤衩的剪裁方式，放大个儿几百倍，把针线换成钢筋，出来也还是裤衩样儿，好像前后裤脚还没大对齐。毕竟人家是地标性建筑，"大裤衩"听着是不太舒服，何况天天在里面工作生活，想透透气都有走光之嫌。

烧饼这个外号情况就不大一样，这名字随和但容易被误解。

春天，烧饼散了场心情好，打算一路轮滑回家，却被半夜巡逻的警察拦住，怀疑他有半夜抢包的嫌疑。警察问他叫什么，他说叫烧饼，警察加深了怀疑，让他说实话，他说朱云峰，警察按烧饼提供的身份证号上网一查，名字对不上，多了个云字，便决定将烧饼带回所里审查。师傅去派出所接烧饼，跟警察解释了一个小时，才理顺了绰号、艺名和本名的关系。

夏天，我们去北戴河玩，要合影时见烧饼还在远处捡贝壳，我大喊："烧饼，过来，都等着呢"。结果卖烧饼的、卖煎饼和卖驴肉火烧的都奔过来，让我们挑刚出锅的吃食，买多了能便宜。

秋天，别人请客，吃的西式分餐制，配菜和主食都一样，主菜各人点各人的，大拿带头不挑口味只管价格，轮到烧饼这儿，偏赶上服务员是半截纲丝，觉得烧饼眼熟却叫不上名，只好问"这位先生，你是……"烧饼正起身去洗手间，甩了句"烧饼"就走，不承想服务员想问烧饼吃什么，而不是问他叫什么？于是大家吃的都是极品三文鱼和超大北极虾。只有烧饼吃的是意大利烧饼就法式面包，还多亏这家四星级西餐厅的厨师长早年间卖早点的手艺没忘，才满足了烧饼这位奇怪客人，没砸餐馆"点什么有什么"的牌子。

冬天，烧饼的任务是替师傅遛狗，因为师傅的哈士奇狗的个头大，只有早晚遛，才不会打扰路人。烧饼年轻贪睡倒是耳音好，只要师傅当院喊一声"烧饼"，他就立刻爬起来牵狗出巡。这天烧饼犯困早早睡了，睡得正香突然听到一声"烧饼"，迷迷糊糊起床，强行把同样不愿动的哈士奇拖出窝，出院去遛。夜黑风高不见人，越走越冷越害怕，烧饼拉着狗准备往回返，路边突然闪出个人影，烧饼吓了一跳，手一松哈士奇冲将上去，咬住的竟然是一个偷邻居家大葱的贼。派出所对于烧饼凌晨两点自愿治安巡逻的做法很是称赞，还给师傅的宅子挂了个"治安示范户"的牌子。可事实情况却是这样的，当夜，"四小云"（岳云鹏、崇天明、赵云侠、李云杰）住在师傅家没走，凑

在一起打麻将，师傅写剧本写到半夜，课间休息也来观战，看云鹏连续放炮很是气愤，这和城市相声管理委员会倡导的"我说不好你也别想痛快说"的理念极不符合，眼见岳帅正要拿起"六条"去点上家的云侠，师傅悄悄捅了捅他，岳帅会意放下"六条"又换了张"五万"，这牌出去便成全了下家云杰的捉五魁一条龙，师傅急急踢了岳帅一脚。岳帅本来输得正晕，又连中师傅暗招，心中更没了主意，干脆直接问师傅不打"五万"打哪张好，师傅看三家牌给岳帅通风报信的行为暴露，暗训孩子不懂事，一气之下替云鹏拿起张"一筒"，喊了声"烧饼"就打了出去。那边，住在隔壁的烧饼听到叫他，就糊里糊涂地爬起来遛狗。这边，师傅的"烧饼"点了崇天明筒子清一色的豪华七对，师傅回屋笔耕不辍，岳帅深陷泥潭无力回天。那边的烧饼却误打误撞维护了一方平安。

如此匆匆一年，烧饼决定在组织内部征集新绰号，希望大气并远离传统小吃。因为烧饼的绰号是师傅起的，全改掉会惹师傅不高兴，烧饼要求新绰号至少要保留"烧"和"饼"中一个字。

高峰想到的是"烧麦"，我觉得"烧鹅仔"不错，文山先生提出的是"烧酒"或"烧锅"，烧饼则对出现在《报菜名》中的"烧花鸭、烧仔鹅……"系列全盘否定。但若保留饼字，则出了厨房大灶，又进了面点铺，月饼、煎饼、烙饼或饼干。看来，烧饼无论如何也跳不出餐饮一条街。

烧饼在李少帮的书柜里偶然翻到一本时尚杂志，发现好多明星都画"烟熏妆"，虽然不好看，但是很潮流，烧饼认为从制作上说烟熏和炭烧相近，何况看起来烟熏出来的黑眼圈和用炭抹出来的黑眼圈没什么不同，烧饼立时选定了"炭烧"为自己行走江湖的新绰号。说

起来，"烟熏妆"也是韩流的一部分，韩国经济崩盘，偏偏韩国姑娘又喜好后期加工，没钱了做不了美容更整不了容，只能把韩国烧烤中的炭灰变废为宝，因此说"烟熏妆"缘于炭烧也有道理。烧饼懒得去考证，反正出现在《男人装》里的字眼儿，总比出现在菜单子上的强。

云峰把"炭烧"昭告天下，最先表示肯定的是文顺老先生。年轻人是要有目标，跟张思德学挺好，为人民的利益，就是拼出命，也要把炭烧好！"

于谦师叔对"炭烧"有所疑虑，外国的东西未必适合中国，咱北京正在治理污染改善环境，就连烤鸭都不用果木改使天然气，再烧炭就有点逆行了，而且还有煤气中毒的危险，不应该提倡。

师傅则对新绰号坚决反对，烧什么炭，园子是木质结构，后台不是帐子就是行头，着了火怎么办，绝不能用明火。

烧饼用"炭烧"做绰号的计划胎死腹中，显得闷闷不乐，我劝他说师傅不让你替换，你可以组合，比如水牌上可以写"炭烧烧饼"，加个修饰词师傅也不会反对，而且还有"炭烧咖啡"般的雅致。

烧饼将"炭烧烧饼"用了几天，虚火攻心口舌生疮，喝了十瓶藿香正气也不顶用，没办法把"炭烧烧饼"换成了"草珊瑚烧饼"才调理了过来。至此以后，烧饼再没起过改名儿的念头。

第十五计：调虎离山

金融危机的来临，改变了师傅的经营策略，与其靠商演一场场挣辛苦钱，不如设法融资救市。师傅酝酿抛出德云消费卡，每张卡面值五百元，可用于在园子内的所有消费。对于消费卡的前景，师傅很乐观，只要有10%的纲丝肯购卡，园子就能迅速成为聚宝盆。

任何救市手段都有风险，为避免组织经济受损，师傅决定先内部推广德云消费卡。月底该发工资了，师傅宣布为回馈员工，鼓励大家消费，每人赠送德云消费卡五张，这就等于每人白得了2500块钱，真是天下掉下来的好事。

天上掉下来的还有铅球，师傅认为金融危机面前，员工要与组织同舟共济，这月该发的工资全都从德云消费卡抵扣，我们一月的辛苦皆浓缩进了消费卡。

看起来是增加了收入，但是消费范围实在太小，园子里就一个小卖部，领到消费卡的当天，小卖部就被抢空了，师傅囤积的火腿肠、方便面连同蜡烛、面巾纸统统一扫而光，师傅体会到了消费卡带来的活力。

烧饼他们抢去了方便面，可以一月无忧，我只买到了一箱纸巾又有何用。最惨的是恐龙，刚要去冲击小卖部，有电话打到后台找他，云龙只好去接，电话里面却是一片嘈杂，云龙喂了半天，对方也不应答，等恐龙挂了电话再来小卖部，已是空空如也，他搜寻了半天，就捡到一包便利装的洗发液，还是过期的。云龙忿忿地去查来电显示，刚才打电话找他的是张蕾。

算上师傅赠送的五张，我们手头少的有七八张消费卡，多的有二十几张，这么多的卡不记名不挂失，花不出去也不能丢，在园子里喝茶是财主，出了门就一文不值。刘源得给天语车还贷，拿了八张德云消费卡去和银行商量能否转账，银行的沙里花没见过这种卡，心说只凭老郭的签名就要转账分明是抢劫，本打算报警，再想想刘源也算熟人，得多少给些面子，就通知保安把刘源扔出去。银行保安倒是对刘源很客气，受累您自个出去吧，您身量太大我们抬不动。

受消费卡影响最小的就是烧饼，他已经下定决心吃住在园子，出来进去都穿大褂，就算后台没有热水器也认了，要能洗冷水澡就当健身，要扛不住自来水就省了沐浴，反正兜里只有德云消费卡，肯定交不到女朋友。小四儿受烧饼的影响，也决定凡是超过十块钱的东西坚决不买，十块钱以下的东西就借钱买，积少成多以后用消费卡还债（自打消费卡出现，我们相互之间借钱的频率加大，单笔的金额却缩水）。

我又给腰带打了两个眼儿，怎么也能挺三个月，可是QQ没油寸步难行，德云消费卡加油机肯定不认。

我跟大家商量如何把德云消费卡套现。大拿说最好的方法就是把消费卡转卖给观众。观众反正是来园子消费，用这卡正好。能卖当

然是好，但是这卡面值太大，观众的风险意识也很强，买了卡万一我们跑了怎么办，关键消费卡又不是订票卡，买不着票谁会进来打壶茶水走。

金子觉得应该低价促销，观众才可能买账。不如买五百送二百五，实行买两张卡送一张卡的策略，自己受点损失也认了。即使如此，消费卡的外卖也不顺利，大家怕钱景不好，钱包捂得都紧。

卖不出去就只剩下一条路，让组织回收消费卡。我们公推少帮和大拿去跟师傅谈判，希望能有好消息。

少帮和大拿去得快，回来得也快，带来了一好一坏两条消息。好消息是老板体恤员工，愿意回购消费卡。坏的是德云消费卡的回收价得打八折，每人还只能限退十张。

有现钱就比空卡好，大家排队去退卡，此时节烧饼等小家伙的

威望大增，他们手里的卡不足十张，空出来的额度可以让别人套现。烧饼倒是大度，号称谁请他吃大餐，他就替谁退卡。金子希望用一碗卤煮外加两个火烧打动烧饼，没料到烧饼只干掉了卤煮却没动火烧，抹抹嘴说得留点肚子去吃云天请的朝鲜冷面。金子在火烧上画了烧饼的头像，恶狠狠地吃下了肚，连个芝麻也没剩下。

师傅的经营策略很见效果，一进一出收纳了不少闲散资金，考虑到还有相当数量的德云消费卡在我们手中，得让这些消费卡流通起来。

师傅打听到某大型家电经销商正遭遇寒冬，于是以超低的价值团购了一批液晶电视回来，就在后台组织拍卖，我们可以用德云消费卡买单。

实物总比消费卡容易出手，手里有消费卡的都很积极，自愿掏了五十元取得了竞价资格。手里没了卡的烧饼等人，不能再给组织做经济贡献，就被师傅指派当现场服务生，谁买了电视，就得替谁送回家。

看着一台台崭新的液晶电视，我热血沸腾。看到师傅宣布的起拍价格，血又冻成了冰，团购来的电视竟然以厂家指导价起拍。那还不如去商场买，买台电视怎么也得送个煎蛋锅。

拍卖会遭遇了冷场，师傅见我们攥着德云消费卡不出手举牌，试图集体压价，就提醒我们德云消费卡可是有时限的，不要因小失大错过机会。竞拍席上一阵骚动，我们看了看消费卡除了写有金额和师傅的签名照片，别的什么也没有。仔细想想，当初师傅的确贴出过一张中英文对照的发卡说明，挂了没多会儿就又摘走了。好在当时岳帅多了个心眼，用手机把说明拍了下来，赶紧找出来核对，中文部分没有问题，英文部分清楚写明德云消费卡百日内消费有效，超过百天冻结账户，再注入五百元方可重新激活，再开始百日倒计时。

师傅知道很快我们就坚守不住了，十分欣慰。此时烧饼递给师傅一张字条，师傅看了看就把拍卖槌交给了于师叔，急匆匆出去。

于谦掌槌后，形势发生了变化，大拿头一个报价，但价格没往上走，却是往下降。于师叔查了查师傅写的拍卖说明，只规定了叫价幅度不能低于二十元，而没说是涨二十元，还是降二十。再联想到德云消费卡的使用范围也没把"于记主食厨房"算进去，规则有漏洞那就怨不得拍卖师替天行道。

烧饼给师傅的条子上写：有观众速递来了个大礼包，必须师傅亲自去签收。师傅到门口给送快递的签了字，收了沉甸甸的大礼包，想搬着回去拍卖场，但听到里面叫价声音此起彼伏，定是场面红火，不如自己省点力气，等到清点收入时再介入。

师傅把大礼包抱回了办公室，一层层打开，却是一大包奶糖还有压箱子用的两块砖头。师傅暗骂又是铁匠恶搞，把大礼包扔在一旁返回了拍卖场。师傅没注意大礼包的发货地址也是园子。

三十台液晶彩电已经各有其主，个别两人合购的，准备轮流看半年，烧饼等正装箱准备送货，于师叔则把拍卖清单给了师傅。师傅想看看谁的出价最高，结果发现大家的成交价都一样，三十台液晶彩电总共拍出了六百元。

第十六计：
欲擒故纵

　　每周限开一天车，车尾号两两一组，其实是有讲究的。1和6就是一个人的时候最好多遛遛腿；2和7就是两人出门应当一块骑自行车；3和8就是对出台的措施要支持，不要管《交通法》里写没写，开车不能太三八；4和9就是住在四环以里9点钟上班的人，应该选择地铁出行，省钱又省时最好别带包；5和0就是我买的车最好就当不存在，自觉去挤公交车。

　　其实限开一天车对我们的影响倒不大，园子下午才开，中午坐车人少不用挤，晚上散场时，限行也没了，开车走也不堵。只是这一月一轮换有点乱，我们这些周末照常工作的容易记不住，特别像少帮在《星夜故事秀》还兼了个剧务的差事，成天到处跑，哪有工夫听广播看电视，弄不清哪天该让 BMW 歇着。

　　车在路上开，哪能不挨罚，掏钱是小事，耽误了时间可补不上。少帮的BMW一直是低转速的静音车，就靠着提前出门才能勉强不迟到，因此路上不能有半点意外情况发生。由于 BMW 没有超速的可能，所以李少帮从不担心电子眼，那段日子单双号限行，BMW 是双号，李少帮听大拿的主意采取结绳记事，打个中国结是单日子不能开，打个蝴蝶结是双日子可以开，本来相安无事，结果打到 31 号忘了换条绳子，系着蝴蝶结的双号 BMW 大摇大摆地驶向奥运村，立时被警察抓获。少帮态度蛮好，虚心认错，拿出绳子跟警察解释。

警察以为他是被罚了想不开，耐心劝解，钱财身外物，罚了跟花了差不多。反正，少帮比开着私家车挂着公家牌子的 BMW 强，你能送签名 CD，少帮还可以送盗版的十周年庆典 DVD 呢！

单双号的规律还算好掌握，但五天限一天再定期轮换就有点复杂，少帮想要不干脆就不开，可这样就少了头天加完油第二天油价就涨的快感。要不就申请个手机短信提醒的业务，把责任转嫁给移动和联通。可两大运营商还没发现这个商机，另外也怕知道你是 BMW 车主，各种保险二手车高档俱乐部信息会滚滚而来。

正在少帮犯愁之际，我的发现替他解决了困难。刘源新买的天语车和 BMW 是同一组尾号，刘源同学身宽体胖心细如发，对报纸上的八卦新闻了如指掌，哪天限开什么号车更是谙熟于心，只要少帮和刘源步调一致就没有问题。

少帮的没问题成了刘源的问题，每天夜里少帮临睡前都给刘源打个电话过去，问他明天开不开车。可刘源的节目通常都在前半场，说完没啥事回家就睡了。少帮可是攒底，散了场慢悠悠开回家，吃点夜宵洗个澡再给刘源打电话，少帮心安，刘源梦碎。

在刘源的强烈要求之下，少帮改成了夜夜发问候短信。刘源找到一家山寨手机厂，订制了一部带自动短信回复功能的手机，只要是少帮发来的短信，回复只有一个字：开。

中午少帮开着 BMW 来到园子，见到了刘源却没见到天语车，少

帮觉察到了危险，找到我印证，发现真被刘源忽悠了。马上气冲冲去找刘源算账，我们跟着看热闹，但见刘源一不躲二不逃，心平气和地拿出手机让少帮自己看，李少帮发问候短信的时间是2时5分，他问刘源明天开不开车。刘源答复明天开绝没有错，只是今天天语车不能动。

少帮无言，倒也为自己庆幸，顶风开出来没被抓住。为了庆祝，中午吃饭他还喝了半瓶啤酒，准备下午后台睡一觉，晚上踏踏实实上台。可是刚睡了没多会儿，星夜导演突然打电话来找剧务，让他去木樨园取新做的超人服装，十万火急。少帮想让我拉他去，可是QQ身体不适就是打不着火，要是打出租去，又怕服装搬上搬下的太麻烦，再说星夜只给剧务报油费，而不管打车钱。少帮狠了狠心，心想上午没被抓到，下午也应该能闯过去，距离也不算远，去了就回，碰到警察的概率不大。

BMW一路的确没遇着警察，但装上衣服回来，快到园子时却蹭了辆凯越。要说起来是凯越从胡同钻出来时没避让，碰了正常行驶的BMW。凯越车主"猴能看家"出来刚要道歉，看了看BMW的车牌，又瞧了瞧少帮红润的脸色，立时改变了态度，让李少帮看好现场别走，就飞奔跑向路口去找执勤的交警。李少帮愣了五秒钟，考虑是开着BMW跑，还是直接弃车而逃，思量再三，愿赌服输等警察来处置吧。等也是等着，少帮觉得口渴，遛达去路边的小卖部想买瓶冰水静静心，进了门又改变了主意，买了瓶小二锅头和一小袋甜面酱，店主找零钱少帮也没要。小卖部老板问少帮要葱不要，大葱蘸酱就着二锅头才香。少帮没买葱倒是跟老板要了一头蒜。

回到现场，少帮先将甜面酱撕开发挥了作用，接着就把剥好的蒜瓣像糖块似的往嘴里送，最后又把空袋子和蒜皮扔进了垃圾箱。这时"猴能看家"已经拉着交警来了，李少帮不慌不忙拧开瓶盖，当着警察的面，一大口二锅头灌了下去。

警察看见 BMW 司机明目张胆的喝酒，吃惊不小。"猴能看家"在旁边敲打，我说什么来着，就是他酒后驾车，故意撞的我。

警察问李少帮知不知道酒后驾车是违法。李少帮回答当然知道，但自己只是因为发生了事故，心情不好才刚喝的酒，反正 BMW 受了惊也不能再开了。喝酒是不能开车，但不开车了喝口酒谁也管不着。

"猴能看家"不干，抗议说刚才撞车时李少帮就面带红润有酒气，肯定是酒后驾车。

李少帮说我这酒是刚从旁边小卖部买的，不信警察可以去问。

警察当然要去调查，证实小二锅头是李少帮刚买的。

警察问老板发没发觉李少帮买酒之前身上有酒气，老板向着主顾说话，说一则自己有鼻炎，嗅觉不灵；二则身上有酒气，酒也可能是别人洒的，而不是自己喝的，就像一屋四个人打牌，三个抽烟的，一个不抽烟的，打一宿，不抽烟的身上也是烟气浓重，是不是这个道理。

警察没从小卖部那儿拿到对李少帮不利的证据。回来又问"猴能看家"是闻到李少帮身上的酒气还是嘴里的酒气。"猴能看家"发誓说百分百是嘴里的酒气，闻得清清楚楚。

警察凑近李少帮想闻个究竟，李少帮一张嘴二锅头酒气还好，扑鼻蒜气逼得警察后跳了一大步。

警察追问"猴能看家"，果真是闻到了酒气，没闻到别的。

"猴能看家"哪里知道后来的变故，证词不变。

警察已经有所判断，远远又问李少帮没事吃那么多蒜干嘛，脸色是不是一直就这么红。李少帮滴水不透，答胃胀气滞吃蒜消食，面

色红润全靠妮尔雅。

警察告诉"猴能看家"，BMW司机事故后喝酒虽然不对，但不违法，也跟事故本身没有关系，更不能因为脸红就说人家酒后驾车。

"猴能看家"又想起BMW是违反规定出行，还没等向警察汇报。李少帮抢先跟警察承认记错了日子，甘愿被罚一百，同时提醒警察凯越的车牌也有问题。

警察查了查，BMW除了违反限行规定，其他没什么问题。再看看凯越前牌正常，后牌却被涂抹得面目全非，遮盖物好像是酱料。

警察询问"猴能看家"为何遮挡号牌，"猴能看家"大呼冤枉，说不知道是谁干的。

不管是谁干的，获利的都是车主，警察也只能处罚车主。不过警察也奇怪，天也挺冷，但那酱料还没干透。李少帮帮助解释，天一冷，和酱也得使防冻液。

警察让李少帮别添乱，先罚了"猴能看家"遮挡号牌，再根据现场情况判事故，"猴能看家"全责，而BMW则只是被罚一百，附近找停车位停好车，不能再上路。

少帮险中求胜，却是不能亲自挪动BMW，"猴能看家"就在旁边盯着，只要少帮敢发动车辆，就是无可抵赖的酒后驾车。少帮给我们打电话，找人替他开车，偏巧有驾照都脱不开身，李少帮只好再一次在法律边缘行走，一手把住方向盘一手扶着车门艰难推车，推行了一百米进了停车场，少帮真是感觉胃胀气滞，酒劲上头，再无力支撑，倒在BMW上就睡，结果没把服装按时送到星夜，也错过了晚上的园子演出，被两边各罚了一千。

看来，开车的成本一般人真是承受不起。

第十七计：抛砖引玉

师傅上演了个大活儿，连八本的单口相声《善恶图》，一个很乐很暴力的作品，轻轻松松妙语连珠间就把好几十条人命报销了，苍天有眼，善恶有报，这样的相声还是很有教育意义的，说明法制社会的必要性。

其实我认为《善恶图》是很有上"百家讲坛"潜质的，又有疑团，又有考证，又有定论，又能推测，特别是其中那个尘封多年的历史悬案更是充满了未知，比光绪是不是被慈禧毒死的还扑朔迷离。究竟瓦岗寨的李密和王伯当二位是怎么死的，恐怕连教授、易教授、纪老师也说不清楚。师傅对此倒是有所推论，但苦于没有证据，于是组织我们进行了宣讲，师傅抛砖引玉，要求我们也发扬德云传统的探索发现精神，对此事件大胆胡说。

师傅的推测：

话说瓦岗寨主李密见兵临城下众叛亲离大势已去，自觉无脸活于世上，想去投湖，跑至湖边，见湖水冰冷混浊，又生悔意，忽见旁

边立一告示牌，"此处禁止游泳"，顿时下定决心遵规守法东山再起，不可轻生。不料此时王伯当急急忙忙地追来，一脚刹车不住，便将李密撞入湖中，李密倒也通于水性，水下深吸几口气，便要浮出水面。王伯当倒在岸上，见自己失足竟将李密撞入湖中，心意已冷，大喝一声"兄长慢行一步，小弟随你去也"。不会水的王伯当投湖，把会水的李密砸死了。

于谦的推测：

　　李密见风紧，想从瓦岗寨后小路逃遁，不想近日来山上人心惶惶，不少将军已经私卷财物各自散去，小兵们分不到值钱之物，只管逃命，便也顺手把路上井盖护栏偷去，李密跑来正好落入井中，因身胖得福悬在井中不上不下，只好大声呼救，左呼无人应，右呼无人理，身渐

无力，拼尽力气把王冠扔上井台，希望有人见到施救。且说，王伯当一路寻来，发现井边李密王冠，只道他投井而死，当下大哭，哭罢却听到井中隐约有求救之声，趴在井边一看，下面黑呼呼的看不出端详。

王伯当："李王兄，可是你否，莫不是隔世想见。"

李密在井下费力抬头上观，见王伯当的大脑袋挡住了大部分光线，忙道："你退后些说话。"

王伯当不知为何，仍退后了几步："王兄，因何投井。"

李密看不到王伯当怕他跑了立时心惊，又叫道："伯当，近些讲话。"

王伯当复又趴于井边，"你莫不是伤了脑袋，究竟是近是退，倒叫我如何。"

李密："快拉我上来。"

王伯当："你在哪里呀。"

李密："我卡在井中了。"

王伯当："井深否，可有水乎，我不习水耶！"

李密："我也不知道，我没到底呢。"

王伯当："兄长莫担心，投石一试便知。"王伯当遂搬起块石头扔下井去，立时听得扑的一声，似是石头相碰，只道井是枯井，也不甚深。

王伯当也跳下井去，想把李密托上来，不想却把被砸昏了的李密砸了下去，这回只听得扑通、扑通两声，两人都淹死了。

大拿的推测：

王伯当和李密被李世民军队追赶，二人均身受多处箭伤，眼见血流不止，命若悬丝，好不容易寻到一荒村诊所，忙求大夫医治。

大眼大夫见二人伤势甚重，心里也是一惊："我的妈呀，好多的血呀，我是内科的。"

甭管内科还是心理科，总是救人收钱要紧，大眼大夫撬开医箱要动手术，猛然想起了"山寨游医管理委员会"的紧急通知，当下拿出手术通知单要二人签字。

二人要自己签自己的被大眼大夫拒绝："这可不行，你们伤太重，恐是伤了心智，自己签字若以后死了变鬼来找后账，我可如何是好！"

王伯当要给李密签字也被大眼大夫拒绝："这亦不行，你说是他兄弟，身份证上一个姓王一个姓李，休想骗我。"

王伯当："兄弟不算数，同事总行吧，我们在瓦岗山上共事多年。"

大眼大夫："那你们俩是同级呀还是上下级呀？"

王伯当："他是我BOSS。"

大眼大夫："这便不行，若你正想谋他职位，岂不是借我刀杀人，不可不可。"

王伯当气得大叫一声晕了过去。

大眼大夫又转而询问李密："你是他领导，你可以替他签字，等我把他救过来，让他去寻你的夫人来。"

李密只顾呼唤王伯当醒来，拒绝签字："是上级不假，可我们亲如兄弟，我怎可凭空决断他的生死，若是醒得来尚好，若是醒不来，我死也会受良心谴责。"

大眼大夫见李密执意不肯签字，只好赶紧给"山寨游医管理委员会"修书一封，请示能否不用签字而自行手术，可惜那时候路不大

好走，大眼大夫还在犹豫是骑驴还是赶骡子车去送请示，却发现二人已气绝了。

李少帮的推测：

李密和王伯当被团团围住，对方大个将领言道，"尔等上天无门，入地无路，还不快快下马投降，我家李少帮圣明仁厚，大概齐差不离没准估摸着可能能饶你等性命。"

李密听罢大哭对王伯当道："我们没有马了，投降也投不成了。"

王伯当："我背你过去，到了阵前，你从我背上翻身下去也可投降。"

王伯当背着李密踉跄而行，好不容易蹭到阵前，王伯当踩中一根绊马索，扑倒在地，背着的李密摔出了一溜滚，掉入了一个陷马坑内。

大个将领以为李密是突围未成，到坑边一看，李密正躺在坑中呻吟，便问道："李密同学，是生是死你决断吧！"

李密摔得昏天黑地，只自顾说："我要吐！"

大个将领点了点头："罢了，也算是个英雄，成全了他吧，给他土。"

李密被活埋了。

高峰的推测：

王伯当保着重伤的李密且战且退，总算逃入深山之中避开了追兵，刚要缓口气，却觉阴风乍起，抬眼一瞧，一头斑斓猛虎伏于二十步外的荒草之中，正充满期待地看着李密和王伯当。

李密刚刚苏醒，抬眼就看到了猛虎，当机立断又昏了过去。

王伯当虽是勇过三军，但一来连续血战早已累得热汗流尽，二是宝刀已卷刃，早已弃之，随身只有宝雕弓和三支雕翎箭。但此时李密已是寸步难行，逃无路逃，躲无处躲，只有背水一战。王伯当认扣填弦一箭射出，却是手抖未中，老虎自是岿然不动。王伯当当下又是一箭射出，分明是射中老虎眉心，老虎却是分毫未伤，仍然在那里蓄势待发。王伯当见势不妙，心知老虎扑来，自己和李密已无还手之力，只能束手待毙，心中叹道："天呀，莫非我与李兄今天就要葬身于此，也罢，还是我送李兄上路，再陪你共赴黄泉，总好过命丧虎口。"

可叹王伯当用最后一根箭扎死了李密，又刺入了自己的胸膛，兄弟二人同去喝孟婆汤。

此虎是华南虎，虽然凶猛，模样倒也周正。

第十八计：
擒贼擒王

少帮的 BMW 放在园子门口被撬了，散了场他出门一看，BMW 的后备箱大敞着，里面被翻得乱七八糟，少帮清点了下损失，丢了两副板子和一套西服，不过后备箱锁是彻底坏掉了，后备箱只能虚掩着。大拿让少帮快报警，少帮却说不急，报了警又得做笔录，又得上派出所太麻烦。他给 BMW 上了双份全险，就为花钱能买个安心，因此财产损失会得到弥补，不过 BMW 无端被伤害必须讨个说法。

少帮先去找看车老头算账，老头听说车被撬了吃惊不小，急忙跑来看，却发现 BMW 并没有停到车位里，老头安下心来，说停车位内出了事我有责任，停车位外天大的事儿都和我无关。少帮强调，BMW 可是按月交停车费的，就今天来得晚点，车位都被占满了，没能停进去。老头说你买了票上了火车，晚点了都不多给你个盒饭，何况你买了票压根就是自己迟到了，火车还等你不成，你又不是外国人。

少帮理论不过老头，转头看见了园子的保安司马云峰，少帮记得停车时还托司马保安给照应点，他当时可是满口答应。少帮埋怨司马保安没尽到责任。司马保安十分委屈，说我的职责就是把住园子的大门，不放发小广告的进去，替你留意下车是人情，谁家孩子谁看，谁家的羊谁放，车被撬了你来找我，车见天跑着，你也没拉我去吃回驴肉火烧呀。

少帮认为门前三包里应该有治安防范一项，保安不能推得一干二净。司马保安态度强硬，门前三包是法人的事儿，你要想讨说法，找园子老板去。

少帮找到班主说明情况，师傅很同情少帮，劝解他好歹车还在，要是被偷走了，后俩月的停车费就白交了。师傅也指出BMW横在园子门口，严重阻碍了观众的正常通行，知道的是你没找到车位，不知道的以为演员耍大牌，有意为难观众，再说严重点就是组织管理不严，员工做事没规矩，今天你把BMW搁这儿，明天QQ、天语、北斗星都往那儿停，那我的Q7放哪儿。还是人家500强的企业规范，连上厕所都有统一流程，看来园子还要加强管理。

少帮基本没机会插话，和领导谈话的唯一收获，就是请了明天白天的假，去保险公司理赔。师傅批假的同时提醒李少帮，不管什么原因请假都要扣全勤奖，资深员工更要以身作则。到了家，少帮反应过来，我明晚上才有演出，白天根本用不着请假。少帮赶紧给班主打电话，师傅接了告诉他，水单子刚调换过，安排李少帮的是下午场的开场快板，因为他请假，就换了小宁。

少帮是保险公司的双VIP用户，直接被引进了大户室，值班经理亲自带着少帮拍照定损，然后耐心地跟少帮解释：首先，车内财物丢了不属于理赔范围，其次后背箱锁坏了也不属于理赔范围。

少帮急了，这也不赔那也不赔，那我来干什么，我是买了全险的，还上的是双份的盗抢险。

109

值班经理给少帮倒了杯茶，说如果BMW被偷了，我们会赔。如果BMW的玻璃被砸了，我们也会赔。如果BMW的后备箱盖被抢走了，我们也会给您照顾。这是车锁坏了，本身又没被偷车，我们爱莫能助。

李少帮抗议，车锁是车的一部门，受了损失应当理赔。经理回应，车展上你看了顺眼的车模，买了喜欢的车，难道也把车模抱了走？

李少帮想向总公司投诉，值班经理说投诉到哪儿都没用，这是保险业的通用规则，还给李少帮搬来了一摞免赔说明，就是保险公司给自己上的保险。李少帮看着头大，问我买保险时怎么没看到这些。

经理直言，看了你就不买了。

李少帮不死心，说我总不能白来一趟吧。经理又给他抓了一把水果糖，说虽然不能赔，但出险的纪录已经留下了，下回您车再给撬了，那表格改改时间还能用，不用您亲自跑一趟了。

李少帮气不过，决定开着敞后盖的BMW去派出所报案。警察对于少帮没打110而直接到派出所的做法很赞同，公众救助资源紧张，不是火上房的事最好先找派出所，就算真是火上房也先打119，别忙着给报纸电视打热线电话报新闻线索。

警察调查BMW的损失，得知是撬开了后备箱丢了快板和西服，估计也就是个治安案件。再问快板和西服的价格，李少帮说西服是星夜发的工作服，丢就丢了，可是快板是老先生传下来的，十分珍贵，对懂行的人来说，也算价值万金。

警察找来了所长，说BMW丢了价值上万元的快板，是否应该通知刑警队。

所长沉住气，问快板是紫檀的还是红木的，穿没穿金线，镶没镶宝石。

李少帮回答就是普通川竹，但是老先生当年亲自做的，使用年头长了，声音宏润悦耳。

所长告诉李少帮，已经按治安案件接了，会抓紧破案，但是报案人也不要夸大事实，虚报损失，干扰警方工作。丢了的东西，抓到小偷看能不能找回来，至于修车的费用，还得李少帮向小偷提出民事赔偿。

保险公司报了案，派出所报了案，可谁也不赔偿BMW的后备箱锁，也不能老敞着开车，万一下雨还不成了鱼池。李少帮又开车去了修车店，修车的很干脆，掏钱立该就能修，只是这锁要换就是一套，连同车门的、点火开关的以及后备箱的。

李少帮不解，就是后备箱的锁坏的，因何全部更换。

修车的说这配件就是成套来的，您只换走了一个，剩下的卖谁去，您要是觉得亏了，我借您把改锥，您把那俩锁也捅坏了不就行了。

李少帮借了根细铁丝把后备箱拴上了，掏钱是小，这事儿太窝心。

少帮气呼呼回到后台，逢人就诉苦，很有祥林嫂的做派——我好傻好天真，就觉得买了全险就全保，怎晓得有免赔霸王，我……刘源给他出了个主意，让他去故意撞车，车被撬了不赔，车被撞了保险公司没辙。李少帮想了想撞谁的车都不合适，刘源让他倒着开去撞树。

园子拐弯有棵小树，李少帮量好了距离，将车屁股对准了树干，可怎么也下不去脚踩油门，这可是李家溜溜的BMW呀。刘源一旁打气，撞一下一了百了，不光锁能免费换，后备箱都能整个新的。

长痛不如短痛，少帮闭眼一跺脚，BMW猛然向后蹿去，只是情急之下方向盘没握住，车走偏锋，小树毫发未伤，旁边的电灯杆断为两截，园子又停电了。

少帮车里发呆，刘源瞬间消失，司马保安第一时间通知了老板，第二时间通知了电力公司。

少帮赔了电力公司的维修费，交了派出所故意损坏公物的罚款，又在全体员工大会上做检查。师傅也检讨了自己监督员工思想不够的领导责任，并宣布扣发少帮当月工资，以弥补突然停电而损失的茶壶茶碗。

因为有司马保安的证言，保险公司认定少帮恶意骗保，不予赔偿BMW重伤的马屁股。李少帮赔了夫人又折兵，情绪低落。此时，史老师及时出现。史爱冬痛心少帮南辕北辙，光琢磨索赔，而忽略了擒贼擒王，捉贼捉赃，只要认真分析，不难理清破案头绪。

按照史氏理论，少帮丢的是快板和西服，那么谁最需要这两样东西呢，按照常理来推，是一个快板也打得不错、身材和少帮差不多的人，这样的人组织里恰好有一个——金子。

后台少帮威胁金子不交出快板和西服就报警，大拿和我正拉架，警察就到了，通知少帮已经抓住了小偷，并希望少帮去开个宝物鉴定，证明丢失的快板价值连城，派出所也算破了个大案。

轮到金子拉住少帮不放，少帮边道歉边指点都是史老师挑唆的。史老师正言厉色，你自己把BMW撞了赖别人，丢了东西疑神疑鬼还赖别人，是不是老站桌子里面也赖大拿呢，我真替大拿寒心。谁捧不是捧，大拿跟我搭也一样出彩，合适肯定比合理强。

岳帅回家探亲，史老师闲来生事，想找个临时搭档解闷。

第十九计：
釜底抽薪

　　前段日子说要限发牌照，抑制北京机动车总量快速增长，不管是抽车牌还是拍卖车牌，肯定都要增加买车成本，高峰坐不住要去买车，我劝他再看看形势，果然这个专家方案在汽车厂家的攻击之下没得到批准。后来看到年底车市促销，老爷车和概念车抢一锅里的饭，厂商的指导价明确了车价跳水的高度，4S店竞赛激烈，这家买车垫送天窗，那家买玻璃水赠导航仪，高峰又想去捡个便宜，我让他多忍忍。不过日，又有了出台燃油税的消息，油价可能不降反升，高峰的养车成本又超出了预算。他问我怎么才能省钱，我劝他只买车不开车，既促进了消费又减少的污染。

　　高峰拿着准备买车的十万块钱不知投资到哪儿好，放进皮皮虾生意吧，似乎不应该把所有鸡蛋放进一只海鲜篮子里。改行去倒腾大闸蟹呢，据说送大闸蟹去阳澄湖洗个澡比拉到北京的费用都高。

　　高峰有赚钱的想法，没有足够的勇气，特别是来北京时间不长，尚不熟风土人情，因此什么事都要征询我们的意见。都说买黄金产品能升值，高峰找金子打听，是买金条好，还是买金首饰好。金子告诉他有种电视购物里的金叶子不错，造型漂亮，价格还非常便宜。高峰当时就打购物热线订了两条回来，货送来得也快，就是得先掏钱才能验货。高峰有点犹豫，金子鼓动，那么大电视台还能骗你，东西肯定错不了，就拿整票吧，别数零钱了，要好的话我回头也去订两条。

送货的收了钱立刻消失，高峰拆了十几层的胶条才打开包装盒子。他记得电视上的黄金叶子片片都比香山红叶大，可送来的黄金叶子就比韭菜叶宽点，赠送的金链子呢，长短合适搁手脖子上正好。

尺寸缩水倒也正常，家家方便面的包装上都有整只的大虾和精制的牛排，可泡开了能找着完整的虾米皮和成型的牛肉干就不错了。只是这金叶子是足金还是赤金，高峰拿不准。金子建议咬咬试试，黄金属性软，一咬有感觉。高峰将信将疑，把金叶子放嘴里一试，叶子本身挺结实，只是感觉掉了金粉。高峰把叶子吐出再看，叶子真回归了红叶的色儿，自己的舌头却上了金色。

金子还想说，真金不怕火炼，用打火机点点便知真伪。高峰已经拿着金叶子去了对面的工行。工行的沙里花也是纲丝，热情地替高峰检验，结果很满意，叶子是百分百的红铜，外面涂了层金色的干燥剂，只要不吃下去就对人体无害。

高峰舌头发麻，只好由金子代替给购物公司打电话要求退货。本以为会费些周折，不曾想购物公司的服务极其周到，承认是公司的产品选料有问题，可以把金叶子召回，但请顾客把铜叶子送到公司总部去，变铜为金立等可取。

金子把购物公司提供的地址抄下来，让高峰去换货。地址是索马里洪洞县马家河子村甲八号，还真是个外企。

高峰怕铜叶子被索马里海盗抢去，弄不好海盗头子再心仪上高

妇女的扮相，落得人财两空。高峰把两只铜叶子分送给了班主和于谦，代换了圣伯纳和哈士奇挂的旧铃铛，也算送了个人情。

金子感叹，电视台卖的也有假货。师傅路过接上，说你几时见过春晚里有真唱！

我提醒师傅，人家可是承诺了09年演出杜绝三假（假唱、领掌、投票选最喜欢的节目）。

师傅笑了笑，人家还说不卖天价广告，不封杀中超，不拒绝民间艺人呢！

真唱也好，假唱也罢，跟高峰都没什么关系，说相声唱板子要是音配像得按照皮影演才行。

高峰找我来问投资的主意。我让他去工商上了照，摆个鉴宝摊，现在买古董的多，鉴定真假的少，守着园子人来人往，生意应该不错。

高峰对于短时间内学会识别旧货缺少信心，我说他死心眼，能分清和田玉和防弹玻璃的专家，不比能分出皮皮虾公母的人多。只要架势摆得好，放大镜、听诊器、强光手电一块招呼，说什么人家都信。

高峰怕鉴定结果会惹麻烦，把假的说成真的工商不干，把真的说成假的顾客砸摊子。我好人做到底，告诉他鉴定的秘方，甭管送来的是什么货，结论都是一个——有一定收藏价值的近代仿品。顾客既不会狂喜，也不会心痛得当场休克。

高峰的十万块注册了家公司——高氏收藏鉴定所。从董事长到鉴定师都是他一人。

师傅支持员工创业，借了一套桌椅板凳给高峰，又在园子门口划了块两米的地皮按SOHO写字楼的价格租给了高老板。

高峰鉴定桌后面正襟危坐，第一位主顾很快现身，一位大爷问

高峰故宫怎么走。高峰收起笑容，让大爷出门左拐，路口找交警去打听。

高峰在门口坐了一天，除了三个找厕所的，八个问路的，半个连队想买黄牛票的，一笔买卖也没开张。

我们觉得是宣传不够，让高峰花点钱打出个名号来。于是，高峰请《天桥早餐报》的实习记者信浮沉吃了顿饭，又塞了五百块开口费。信记者大笔一挥，高老板立时成了古物鉴定的后起之秀。

《天桥早餐报》报道称，高峰先生是马先生博物馆的座上客（高峰的确去过一回，趁保安不注意，挑了张红木椅子坐了坐，觉得不如宜家的沙发舒服），对于马先生的作品有独特的分析品鉴（《海马歌舞厅》放的时候高峰还小，不过那电视剧里似有于谦客串，高峰相信，于谦早期参与过的影视作品都没怎么重播过）。高先生的鉴定以纹路见长（挑皮皮虾就得看腹纹），对于相似品质的东西能百里挑一、千里挑一的慧眼识宝（拿十副板子给高峰，马上能给你分出高下，有裂缝的绝对不能要）。

信记者信誓旦旦地提醒天桥百姓，高先生即将启程赶赴巴拿马，担任冬季索斯比拍卖会首席鉴定师。此一去归期难定，哪位要找高先生鉴宝敬请从速。

报道一出来，高峰立即成了天桥居民的焦点人物。一大早就有人用被子裹了瓷器来鉴定。高氏收藏鉴定所的桌子前面居然还排起了队。

我们出去看热闹，发现不光桌子前面人头攒动，桌子后面墙上还多了两块匾，一块写"天生慧眼徒手知斤两"，一块写"物尽其用开口论短长"，匾的落款一个是红桥海鲜市场，一个是北京动物园熊猫馆。

高先生换了副金丝眼镜，手戴白手套，一件件鉴定百姓家的收藏品，旁边还临时雇了张蕾和司马保安当助手，张蕾管收钱，司马保安发鉴定书。我见拿到鉴定书的主顾都有喜色，不知高峰使没使我告诉他的鉴定万用通则，想凑过去看，却被司马保安拦住，说高老板交待商业秘密不得偷窥。

看着高氏收藏鉴定所生意兴隆，却不知他用了什么秘笈，我去请教师傅。师傅也好奇，舍不得孩子套不着狼，师傅拿出了个亲自淘来的花瓶，让我们凑了三百块的鉴定费，让烧饼拿去高氏收藏鉴定所鉴定。

烧饼中午去排队，晚上才拿到鉴定书，带了一张欠条和高老板的口信儿回来报告。

欠条是烧饼欠高峰三百块。师傅问烧饼不是大家凑了钱给你了吗？

烧饼说高氏收藏鉴定所有规矩，为避免我们见财起意制造事端，凡组织里的人去鉴定都加收一倍的服务费。

烧饼让我们再凑三百，他好把押在高峰那儿的身份证要回来，大拿说白纸黑字，是烧饼欠高峰三百块，与别人何干？师傅支持了大徒弟。

高峰的口信是晚上请假不来了，爱谁替谁替，全勤奖要扣就扣，反正高老板脱不开身，不能冷落了天桥的父老乡亲。

我估计高氏收藏鉴定所如此发展下去，高峰肯定会撤了皮皮虾摊，就算得罪红桥的父老乡亲也在所不惜。

师傅不管一边抹眼泪的烧饼，已经拆开了高氏收藏鉴定所的鉴定书，内容果然规范严谨：经我所权威鉴定，该××藏品，工艺特点

鲜明，符合一定阶段的审美情趣，有相当的收藏价值，考虑到近期市场波动大，建议继续保管，十年后可交由我所按市值十倍以上价格收购。童叟无欺，以此为证。

高老板真是大手笔，一下就支出去十年。但要真到是十年，人家来让他收货，他怎么办呢？

师傅又仔细看看了鉴定书，终于发现了端倪，鉴定书的中缝里还藏着行字，用的是红色云鼎空心字体，不仔细看还以为是祥云图案。写的是——本鉴定书有效期九年半。

高氏收藏鉴定所红火了不到一个礼拜，就因为一个藏品鉴定有误，而被工商和卫生联合执法收缴了执照。

一位神秘男子送来一个密封的瓷罐，高老板掂量下挺沉，也没细看就出具了鉴定书。神秘男子拿着高氏鉴定书抱着瓷罐，先去了工商局又到了卫生防疫站。两家机构当时就决定要查封高氏收藏鉴定所。

神秘男子送来的密封瓷罐，是王致和出产的坛装臭豆腐，保质期一年，远远低于鉴定书的有效期。工商局认定高峰欺诈消费者，卫生局认为此物十年后流通将严重威胁市民健康。

神秘男子是谁呢？反正不是我。

第二十计:
混水摸鱼

　　熊猫可以成为功夫高手，我们一样能变身运动超人。我跟师傅建议借着奥运的势头，应该拍一组德云人青春立志、拼搏进取的体育宣传片，既能树立个人的阳光形象，又能拉点广告赞助。师傅同意，让我先设计方案，要求尽量少用特技，要展示扎实的真功夫。

　　我选择了几个有代表性的运动项目，采取纪录片手法表现主题，当然广告也要切合主题。

　　头一个亮相的是李少帮。首先是春妮出镜播报新闻：本次德云杯田径锦标赛上，选手表现出色，有两项3S级世界纪录被打破，分别是男子百米赛跑和男子标枪，请看详细报道。

　　接下来是春妮现场采访躺在担架上的百米冠军李少帮，按照惯例，先问是什么样的动力，催动少帮如兔子般狂奔。

　　少帮虽然躺在担架上，泪水汗水横流，但也掩饰不住内心的喜悦："这是我的故事，小时候，我就很瘦，长得也不太帅，所有人都说，你成不了Playboy，只有我妈妈说，放自家的盐，让别人去说片汤话吧。于是我穿上别人的鞋，等着他们来追。我相信我能，我一站

到跑道上就有种震撼的感觉，我从小跟着压路机训练，要想活着就不能停下来。在大学里我发现跑步是最美妙的竞赛，只有跑到最前面，才能在食堂里抢到有馅儿的包子。最重要的是，我常吃樱桃小丸子，所以我还会刷新我的纪录。"

春妮接着要问，少帮得到冠军后的感受。少帮说也要咬一咬金牌，提醒自己真是梦想成真。

少帮从口袋里摸出张纸，开始感谢从师傅到大师傅的所有人，这里可以安插一些广告宣传，要显得很自然，比如——我要感谢星夜川菜馆能做天下无双鱼翅炒饭，每天限量供应八盘的于谦厨师长，还要感谢目前正在打特价卖一送一的面对面品牌运动袜专营店，就在德云园子东北角第二个摊。

例行感谢结束后，少帮要贴近摄像机，泪光闪烁地向家人宣告自己是冠军，他还会想起第一次穿钉鞋上跑道时，教练说过的话，"没交伙食费训什么练，跑回家取去，Play-go。"

"这就是我们的新飞人李少帮。"这时春妮记者要关切的询问少帮的伤势如何，以确信不是因为自己的赛前采访，而把少帮雷倒。

少帮得故作神秘，表示伤势还不清楚，需要做全面的检查，并由领导慎重地决定治疗方案，不过是英雄总会再回来的。此时就要回放李少帮破纪录的全过程，配之《士兵突击》的主题音乐，让电视机前的观众都为之感动：头一枪，有人抢跑，所有人都悻悻回来重新各就各位。第二枪，裁判员的发令枪没能打响，其他选手都在看裁判，甚至起身开始放松，只有李菁仍然保持蓄势待发的姿势。突然裁判正在摆弄的发令枪响了，被火药打到的李菁射了出去，慢镜头显示，他的出发反应时间仅有 0.01 秒。少帮势不可挡地冲过了终点线，其他选手只能望其项背。撞线之后，少帮如释重负，捂着屁股倒了下去，也没忘记打出 V 字的胜利手势。

这就是我们的德云新飞人李少帮，这段宣传片的主打广告是"荷兰白药一涂就好"。

下一位出场是勇武的高峰。先是春妮问他，想没想过今天会破纪录吗？

高峰一边跟观众挥手示意，一边表白："这是我的故事，我很早就成名了，打邻居的窗户我的石子从不落空，为此我进了少年队、青年队，一切一帆风顺，但是上届选拔赛我却输了，我投标枪出手太早了，没注意裁判长钱包掉了正低头去捡……我以为我会告别赛场，一个人回到了海河边，看到了椰子树，我重新找回了目标，要吃到椰子，就得扔得更高，顺便说一句，我讨厌椰子树外形的路灯。我下决心配了眼镜，我回来了，我相信科技，用科学的训练方法和适当的角度，You can do it。"

高峰比赛的过程体现了科技奥运和中国传统文化的融合。

视频回放：高峰拿起标枪开始强有力的助跑，在投出的一瞬，动作突然停下来，他掏出打火机，点燃了绑在标枪杆上的大炮竹引线，然后退后，看着烈火标枪像蹿天猴一样发射了出去，落地后的标枪炸出了一个弹坑，被熏黑的裁判害怕高峰继续试投，马上举旗示意成绩有效。

德云勇士高峰的唯一一次试投就打破了纪录就赢得了金牌，他欣喜若狂地亲吻烟熏火燎的标枪，被涂黑的脸上洋溢着喜悦，这段宣传片的主打广告是"一擦灵消除黑斑皱纹，你也应该拥有"。

第三个运动超人是大拿，长镜头拍摄着大拿和队友们细致的赛

前准备工作，这时一边身着湖人队服的科比问他，你们最兴奋的时候会说什么中文，大拿答"吃"，科比重复着"吃"，略有所思。

镜头转换，五位巨星光耀登场，五只手搭在一起，大拿的语气沉着有力："这是我们的球队，我们把责任和球队的荣誉扛在肩上，虽然我扛得稍少一点，但我也是球队的一部分，没义气没篮球，虽然得分靠科比，虽然篮板靠加索尔，但脚下球全靠我来控制，我的地盘上用脚说话。"

五位巨星互相激励，科比带头大喊："Brothers, Let's go, 吃！"

比赛开始，比分交替上升，最后一秒钟，双方仍然战平，火箭

大拿你的链子锤功夫已练到家了，可以出师了！

队控球，姚明带球晃开了加索尔，绕开了科比，直插篮下双手灌篮。大拿迅急补位过来，义无反顾地跳起来封盖姚明，电光火石之间，裁判哨响，姚明踢人被判技术犯规离场，大拿的罚球替湖人赢得了胜利。

德云巨星大拿抱着篮球骄傲地说："乒乓球我不行，体操我不行，篮球我行，你可以传球，但休想过我！"此时主打广告是"刺头阻车钉，悍马也难过"。

第四个段落展示了一个英雄的群体，教练员于谦带着云鹏、云杰和云天等三名足球运动员正在训练体能，于教头边演示八卦掌，边教育球员们，一定要从精神上震慑住对手，管他是小罗还是C罗，要战胜我们都得付出代价。

于教练吩咐三位球员负重跑圈，云鹏、云杰和云天一人背了个鼓鼓囊囊的登山包，跑起步来做吃力状。于教练没被表面现象蒙蔽，检查他们的背包，分别搜出了羽绒枕头、充气球和稻草人。于教练训斥他们一顿之后，把三个神秘的包裹塞进了他们的背包，重压之下，三人没跑几圈就跑不动了。此时，于教练用高峰的标枪刺穿了他们的背包，刺破了里面神秘包裹，精致的狗粮从背包里稀里哗啦地撒了出来，三人正莫名其妙，于教练打开了旁边的栅栏门，饿了三天的圣伯纳和哈士奇冲将出来，扑向狗粮的发源地，云鹏、云杰和云天开始了没命地逃亡之旅。此段落的贴片广告是"Reep walker，路就在脚下，不超过也别落下"。

我把拍摄计划书送给师傅审阅，师傅边看边频频点头，却不表态认可，我猜师傅是在考虑，自己适合什么样的运动超人形象。其实我早设计好了，关键时候再拿给他看，就是为了让师傅当时就拍板投

拍宣传片。

德云体育宣传片的高潮是师傅和熊猫阿宝的巅峰对决。

高手过招胜负在转瞬之间，漫天飞雪中师傅和熊猫阿宝面对面摆着攻击的架势，雪花落在师傅的大褂上，狂风吹拂着阿宝的裤头，时间分分秒秒过去，突然师傅出招，一个箭步靠近阿宝，轻轻用手指点了一下熊猫的鼻头，冻僵的阿宝轰然倒地，师傅舒了口气，转向镜头，轻柔地解开大褂，露出主打商品："南极熊内衣，更保暖更体贴！"

师傅把我的计划书撕了，像雪片一样扔得四处飘舞，师傅让我发誓一辈子安心说相声，决不涉足广告界去搅混水。

第二十一计：
金蝉脱壳

越到年节师傅越忙，演出排满了不算，还有好多事情要应酬。应酬到了和气生财，应酬不到要结梁子，没事的时候给你挑事，出事的时候落井下石。

这天师傅正在后台给我们说活儿，司马保安进来报告，说城市相声管理委员会的那巍专员，带着俩外国人来了。

师傅深知那专员虽然脖子转动不灵活，却是转心眼儿的主，突然来访，不是让掏钱赞助大中华区五子棋挑战赛，就是抓差上哪儿去当管接不管送的节目嘉宾。这回带外国人来，该不是想让师傅动用外汇私房钱吧，决然不能让那胖子得逞。

师傅踮步拧腰从后窗户闪了，让于谦抵挡那巍。

那专员进后台没看见师傅，问德纲哪里去了，是不是躲到厕所不出来。

于谦答德纲做完俯卧撑，出去打酱油，走累了没准还会开房洗个澡，那专员就别等了，以后约好了再来。

那专员叹惜德云社就要错过千载难逢的发财机会，说完转头就

要走。这和他往日的做派大相径庭，于谦师叔果然上当，忙请那专员坐下细说。

那专员把带来的两个外国人向大家郑重推荐，二位是雷曼兄弟银行驻天桥办公处的朱利安主任和曹阿瞒助理，都是金融界响当当的人物。

那专员故意压低声音说，城市相声管理委员会不光持有雷曼兄弟银行的股份，还要进一步合作，利用委员会的资源推动雷曼的金融市场。

我悄悄提醒于师叔，这雷曼兄弟银行不是破产了吗？这响当当的二位，不是穷得叮当响才来的吧？

那专员见我和于师叔嘀咕，猜到十之八九，继续晃点，雷曼兄弟银行是航母级企业，就算某些方面有损失，随便放下条救生筏子来也是金融旗舰。

于师叔问，不知这金筏子划到园子来做何打算，我们可是小本经营，上不了旗舰。

那专员批评于谦缺少魄力，还没了解项目，就想退缩。一边的朱利安主任适时开口，说对于你们园子来说，这个项目只有收益没有风险，而且不用任何投资。

于谦听到不用投资，心安了许多。

朱主任的中国话说得很利落：我知道银联和VISA还没有完全接轨，很多中国人到外国去消费都觉得不方便，汇率变化太大，不好计算。事实上，好多外国人到中国来也觉得不方便，好多地方还不能刷卡，比如你们园子。所以，我们银行推出一套全新的VTM机，可以使用VIVA卡并且兼容交通一卡通，这样所有消费难题就迎刃而解了。

于谦不知道这VTM机跟园子能扯上什么关系。曹阿瞒助理进一步解释，新兴事物有一个接受过程，你们园子的人流量大，口碑也好，我们想在园子里安放一台VTM机，请你们和观众试用一个月，安装调试都由我们负责，借块地方就行。

于谦推说这事儿得和班主商量下。那专员不干，什么事都要研究，一点效率都没有，这事委员会已经同意了，你们答应也得答应，不答应也得答应，否则委员会明年就中止你们注册新相声演员的资格。

我们的培训班还开着呢，要不让注册，报名费书本费都得退，这哪儿受得了。于师叔没办法，只好替班主答应了。

那专员要生米煮成熟饭才踏实，一边让于谦安排客饭，一边让曹阿瞒助理快带施工队来安机器。

这VTM机虽然不大，可必须得搭个小屋走线搁钱放零件。于谦看曹助理还搬了个钢丝床进了小屋，忙问究竟。朱主任说，VTM机是雷曼银行的资产，按照公司条例要派专人24小时陪护，意味着曹助理也将驻扎园子一个月。

一台VTM机圈去了园子里两张桌子的面积，于谦和那专员商量，是不是能收点场地费。

那专员告诫于谦别因小失大，人家国际大银行免费送上门的服务，打着灯笼都难找，哪还有收地租的道理，就算收钱，也是委员会的收益，轮不到园子考虑。

那专员吃饱喝足离去后，我给师傅打了电话，他回来看见园子里摆放了一台硕大的VTM机，气得边敲VTM机屏幕边埋怨于师叔中了那胖子的圈套。

师傅正敲着，曹助理从VTM后面的小屋钻出来，给师傅指了指VTM机上的注意事项，又回去接着睡。

雷曼银行的VTM机贴的注意事项都是英文的，师傅叫李根翻译，看到译文。才知道放进来的不是取款机，而是一个雷。

雷曼注意事项的核心内容很简单，该机器由公司免费提供，但暂放地单位要负责机器的安全，发生损毁破坏行为，都由暂放地单位按价赔偿。注意事项下面还有一张价目表，VTM机上每一个部件都是顶级的奢侈品。

师傅认为这VTM机只能远观，不可触碰。把司马保安的岗位从门口调整到了园子里，专门看守VTM机以及雷曼的曹助理，师傅怀疑他躲在小屋里有偷拍演出的企图。

司马保安能阻止观众试用VTM机，却拦不住自己人。

烧饼想买套《蜡笔小新》，要拿一卡通来套现。司马保安想拦，烧饼自持资历深，哪里肯听，随手就把一卡通塞进了VTM机。

卡放进去了，烧饼才想起，这一卡通没有密码呀，难道要输个六个零？VTM机给了答案，一卡通放进去，二百块钱就吐了出来。烧饼的一卡通的余额，撑死了还不够一百，难道取款机取一送一。

烧饼把一卡通退出来，又塞进去试，不用任何操作，二百块钱又吐了出来。VTM机在烧饼眼中成了聚宝盆，准备搬把凳子来踏实实地坐着领钱。司马保安飞奔着去报告师傅。

师傅赶到时，烧饼已攥了一叠钱，兴奋得眉开眼笑，脸色比百元大钞还红润。

师傅喝令烧饼，手放在头上，不许再碰VTM机。接着问他已经取了多少钱。

烧饼说，可惜一回只出二百，还差点不够一万。

师傅让小四儿把烧饼的行李取来，让我把这月有烧饼的演出都替换掉，组织里算没这人了。

烧饼知道捅了篓子，眼巴巴看着师傅。

师傅语重心长，回头让师娘给你下碗鸡蛋西红柿面，你就自己去投案吧。这VTM机的钱可不是随便拿的，它少给你一张是设备故障，你多拿它一张可是盗窃；它吐给你一张假币可以不认账，你塞进去一张假币就是诈骗；你放进了卡，它记了出库忘了吐钱，你得现场守着，保不齐什么时候突然吐出来，实在出不来就只能跑去求人家对对账，过个十天半个月的兴许能还你；要是你卡里钱少，它可以收你小额账户管理费，它机器里没钱，就告诉你现金不足，你有天大的急事也没辙。

烧饼地上祸不惹，惹天上的祸，套取了雷曼银行的现金，不知会不会被引渡到美国去。

烧饼听到后果如此严重，五雷轰顶失声大哭，我们先后都得信赶来，但谁也没有办法救烧饼。

外面的混乱，惊动了看机器的曹助理。他出来问明了情况，说也未必非要把烧饼送派出所，只要我们双倍赔偿VTM机的损失，就可以不追究。

师傅当下拍出两万块，让曹助理向上帝宣誓此事了结。

曹助理拍着胸脯，国际大企业怎会出尔反尔。

两万块救下了烧饼，虽然够他还一阵子的，但自由可贵。

曹助理把烧饼取出的钱装回了VTM机，剩下的钱，一半算做雷曼兄弟银行驻天桥办事处的赢利，一半发给了自己做为处理突发事件的奖金。当然，他也没忘给公司总部打电话，叽里呱啦一通，报告他发现了VTM机的重大安全漏洞，算计着总部还会给他奖励。

曹助理回小屋去数钱，李根把他和雷曼总部通话的内容翻译给了师傅，师傅恨得牙根直痛，得让雷曼兄弟尝尝德云组织的厉害。

要尽快轰走这个缺德的VTM机，先得让曹助理走人，这事儿倒也容易。师傅安排这几天练功不练别的，就练板子，小鹤们带着新学员没事就围着VTM小屋打点。

快板是配着词好听，单听板子点，再没个花板，一会儿准烦。曹助理扛过了一个白天，晚上听着板子点却怎么也睡不着。没辙喝了半瓶杯白兰地，睡是睡着了，梦中不是拜上帝，就是向玛利亚求签。

第二天，曹助理来找师傅，说我们制造噪音，侵害了他的休息权。师傅懒得理他，自家的园子想练什么都行，关你屁事。

曹助理见硬的不行，换了张笑脸，宴请大家吃了顿马克西姆。

吃人家嘴短，师傅不好再折腾他，让小鹤们别练板子了，改半夜两点开唱太平歌词。

曹助理夜里被《打黄狼》惊醒，以为自己身在教堂聆听唱诗班，划了半宿的十字，天没亮就跑回天桥办事处向朱利安申请休假。

曹阿瞒跑了，朱主任亲自出门，估计雷曼公司在整个天桥地区就投放了这一台VTM机，怎么都得看好了。

朱主任比曹助理道行深，居然对板子和太平歌词免疫。这逼得师傅出了杀手锏，半夜组织排大戏《唐伯虎点秋香》。

朱主任乐得看热闹，从小屋探出头想探看秋香，却直接和刘源扮演的春香脸对脸，以为是看到了浓妆的撒旦，顿时背过气去。

朱主任觉得晚上住在园子里如同梦魇，职责和健康相比，挣不

133

着钱是小，无福消费是大。VTM机没人陪护了，可还放在园子里占地方。师傅趁热打铁，让李根冒充朱利安，用VTM小屋里的直拨电话给雷曼总部发了个传真。

24小时之内，雷曼兄弟银行总部就派人收回了VTM机，并撤销了驻天桥办事处，做为奖励把朱利安主任和曹阿瞒助理调去了伊拉克。

那份传真里是这样写的：经过调研，驻天桥办事处决定，代表雷曼兄弟银行，聘请德云班主为VTM机大中华区形象代言人，签约仪式暨新闻发布会将在3月15日举行，并由特2电视台全球网络直播。

老外其实很迷信，总觉得这其中有诈，开不开市场，拿不着订单总比下架强。

第二十二计：关门捉贼

师傅的Q7放在园子门口，车胎被扎了，铁匠见口舌之争总占不到便宜，就找师傅的薄弱处下手。偷东西的偷了就跑，一般不会故地重游，而下黑手给你添堵的，肯定会三番四次乐此不疲。有了上次少帮BMW被撬的教训，师傅决定组织大家轮流上阵，亲自动手捕盗拿

让我再扎一下！

贼，蹲守扎车胎的坏蛋。

为激励大家多为社会治安做贡献，师傅决定实施蹲守制度，按园子演出两段发奖金，抓住扎车坏蛋的享受带薪假期半个月，当然要是擅离职守或者蹲守时睡觉、玩游戏被发现，挨罚也是加倍。说相声有单口、对口和群口，各有各的乐，蹲守还是俩人好，一个人怕有危险，四五个人一组，师傅担心财政支出太大。

蹲守可不是好玩的，搭档要选好，真要遇到贼，不能俩人都动嘴呼救，谁也不动手，因此，我选了跟司马保安一组。高峰因为同样理由，选择和刘源一组。

这一夜轮到我和司马保安为Q7保镖，一人裹着件大衣找了个安全的地方躲着，看守园子门口孤单单停着的Q7。

我提醒司马保安，夜里值班得精神着点，这已经是师傅的车第二次被扎了，要是有第三次的话，组织非把这月的安全演出奖扣光不可。

司马保安心事重重，说这事可不那么简单，Q7是班主最喜欢的坐骑，英雄上阵岂能骑瘸马，从QQ到Q7是发展，从Q7到QQ是卧薪尝胆，没钱想有钱是希望，有钱怕没钱是煎熬，什么东西都是想买时盼望降价，一旦买到手就希望升值，可车价本来就走下坡路，再有点维修记录，简直就等于把车价放进了冰箱。

名下资产一再贬值，司马保安担心班主会心理失衡，怪罪园子的物业管理不善，没准就要提出更换物业公司。德云物业可是"于记"的子公司，肯定不能走，但得给班主一个交代，那就只好牺牲保安队，肯定会把保安队长撤了，问题是这种情况下，要把司马保安晋升成保安队长，面临的破案压力太大，时机不好。

我惊叹于司马保安能从车胎被扎联想到他的升职前景，可见园子真是培养人才的地方，问题是他连个保安组长还没当上，升职暂且轮不到他头上。

司马保安继续对着月亮讲演，我预感他大衣上的毛领子有变狼毫的趋势。

司马保安的计划就是从基层开始，一步步脚踏实地，从保安到保安队长，从保安队长到物业安保经理，从安保经理到物业老板，然后再从物业管理向房地产开发转行，最终发了财下海说相声。

司马老板打算有了钱就买下园子，买断我们所有人的剩余合同，将组织整体收编后，就把园子改造成商住两用的大楼，还得把园子门口的小牌楼拆了，盖个顺风顺水的玲珑塔。

我问他不练绕口令，盖个玲珑塔做什么，另外，也想知道司马老板会把我师傅如何发落。

司马保安感念我师傅的劳苦功高，要发挥他嗓子洪亮的特长，安排在园子门口协助交通管理。

至于玲珑塔，将成为天桥的地标性建筑，也会给新园子带来一个恰如其分的名号——"西太平洋大都会"。

我觉得这个名字很有草裙舞的韵律，但跟天桥的相声园子好像八竿子打不着。天桥离北海打车二十分钟，离北戴河得二百公里，哪出来个太平洋呢！

司马保安强调，好名字能带来高房价，住在茶园楼上的最多就是倒腾点普洱茶，住大都会楼上怎么也是做远洋贸易的。

想想，司马保安说的也不是全无道理。北京的好多楼盘都是国际化的字号，叫曼哈顿街区的，小区三里之内就一个邮政储蓄；叫冰

岛晴空的,旁边就是一个垃圾焚烧厂;叫林萌大道别墅的,奔驰和拖拉机剐蹭过好几回。总之住在哈瓦那椰风牧场,上早市卖的还是土豆和白菜。

司马保安越说越兴奋,我怕他声音太大,把扎轮胎的贼吓跑,那样我们就错失了带薪年假。拦下话头,问司马保安带没带应手的家伙,空手擒贼难度有点大。

司马保安回归了现实,跑到水牌子后面,拿了一根崭新的长木把扫帚回来。我们要抓扎车胎的坏蛋,又不是兼职保洁员,何况就一根扫帚,谁使谁空手?

司马保安早有打算,他把扫帚头拆下来自己留着,把木头杆给了我。我觉得司马保安还算仗义,扫帚杆还算是根棒子,扫帚头能有何用,难道戴在头上冒充印第安保安。

司马保安解释,他身材比我瘦些,可以用扫帚头挡住身体,扎车胎的贼人不容易发觉。

要是"于记"有精简保安队的计划,我头一个跟师叔建议开掉司马保安。我质问他,是否打算让我一个人斗歹徒?

司马保安要打消我的顾虑,表示凡事儿得多几分把握才行,若我要能斗得过歹徒,就用不着他上手,若我要是斗不过歹徒,他可以偷偷跟着他,看他家住哪里,再报警端掉贼窝。

那坏蛋是扎车胎的又不是偷车胎的,跟到家去有何用。我一气之下把扫帚杆撅成两段,一人一半,有事一块上,谁也别跑。

司马保安还咕咕叨叨,双节棍不是这么使的。

我懒得理他,明天我就去找兼职的保安队云侠队长,告诉他有人意图篡位。

突然远处传来了奇怪的动静，像是谁在推车。

我和司马保安都闭气凝神，难道真等到坏人了。

小四儿推着一个盖着盖的垃圾筒，由远而近一直推进了园子。

司马保安见不是贼，先跳了出去，让小四儿双手抱头，趴在垃圾桶上等待检查。

我制止司马保安滥用职权，问小四儿推个垃圾筒干嘛？

小四儿显然喝过酒，有点迷糊，让我们闪开，别妨碍他回后台休息。

司马保安说小四儿大半夜偷偷溜回来，形迹可疑，弄不好是扎车胎的同伙。

我知道小四儿平常不喝酒，不知今天有什么高兴事儿，喝成这样，还捡了个大垃圾筒回来。

小四儿见回后台的路不通，推着大垃圾筒怏怏地又往外走，说不让住园子，那就回大兴了。

我赶紧拉住小四儿，让他说清楚再走，说不清楚我就立即报告师傅。司马保安认为小四儿有盗卖垃圾筒的嫌疑，也准备给派出所打热线。

小四儿说这事说来话长，今天他和烧饼使了个新活儿，赢得了满堂彩，散场高兴就去喝了点酒，烧饼话多酒量却小，酒量小却还不服……

我才不管小四儿和烧饼喝酒的事儿，就问他推个垃圾桶干什么，烧饼哪去了？

小四儿仍喋喋不休，发誓再不跟烧饼喝酒了，烧饼没量又没德，去喝酒也不带钱，喝多了倒头就睡，小四儿身上掏干净了还欠餐馆的

四喜丸子钱。出门没钱打车只能走回来，烧饼又沉，扶也扶不住，好在餐馆边上有个回收站，刚运来一批新垃圾筒……

小四儿打开了垃圾筒盖，我探头一看，烧饼抱着个酒瓶坐在垃圾桶里，嘴里念叨着："我没钱，找他结账，他有手机。"

我和司马保安把烧饼拉出来，连同小四儿都送回了后台。安顿好两个小醉鬼，看看已经快四点了，估计扎车胎的坏蛋今天不会出现，我让司马保安多盯会儿，司马保安让我再坚持片刻，互相都很信任，就一块睡了。

早上，我向师傅汇报蹲守情况，有两个好消息，有两个坏消息，师傅想听哪个？

师傅选择先听坏消息。

我估计早上起来师傅的血糖还不会太高，应该承受得住。

第一个坏消息是您的车被偷了。

师傅情绪和血压一块高涨："你说什么，不是让你们看着的吧？报警了吗？我那可是新车……"

我赶紧抛出一个好消息，师傅的车被警察找回来了。

师傅忙问 Q7 如何失而复得。

我只好提供另一个坏消息，那个坏蛋原本只想扎轮胎，后来发现车钥匙就挂在车上，于是干脆开跑了，但正好碰了上巡逻车，那贼心理一紧张，把车撞树上了。

师傅的血压已经到了"叫小番"的级别："啊！我的车呀，你们两个玩忽职守，你们……那车钥匙怎么会在车上？"

"报告师傅，天太冷，我们决定在车上蹲守，您常教育我们，最危险的地方最安全，没人乐的相声才是好相声。"

师傅喝了两瓶冰镇的藿香正气，才冷静下来，问我和司马保安怎么没被偷车的一块抱走。

善意的谎言对自己是没害处的，我没说司马保安潜回传达室，我钻回后台睡觉，只说贼钻了我去上厕所，司马保安去烤白薯没锁车门的空子，盗走了Q7。

还有一个好消息，我得告诉师傅，虽然车鼻子被撞了，但四个车胎都完好无损。

司马保安被开除了，暂时由我接替这个位置。

第二十三计：
远交近攻

　　金子对于理财颇有心得，花明天的钱不如花别人的钱，借银行的钱不如借大家的钱。本来，金子收入也不少，但还是赶不上游戏机升级换代的速度，何况还有各种限量版和珍藏版，玩就要玩爽，烧钱就要烧包，有人是穷得电视都买不起，金子是玩 CS 用 PS3，玩斗地主用 PSP。

　　金子借钱也有原则，一是不向师傅借，借五百块得写五千字的借款理由和还贷计划，太麻烦，再说师傅身上也多是白条，见不到现钱；二是不向刘云天借，搭档谈钱就生分了，而且借了钱嘴短手软，台上就没便宜可占了。三是不向小鹤们借，常借钱总是有损声望，怕小鹤们私底议论，将此二师兄和保护唐僧的二师兄相提并论。

　　金子的私人钱庄设在"于记主食厨房"，金子拿各种游戏器材做抵押，每月都能从于师叔那里套现，押一个游戏机借二百，押一张游戏光盘借两块，反正"于记"的经营范围里也有旧货交易，东西放在那不会亏损。

　　"于记"靠卖炒肝维持还算日进百金，金子坐吃山空，旧的游戏设备抵押了又买新的，新的玩一阵腻了又送去"于记"，再添置更新的。不出一年，金子的大部分家当都进了"于记"的库房，眼见着年底又有一款圣诞纪念特别版的3SP要上市，限量供应全北京就一部，价格高得赶上了BMW的一个轱辘，金子急得火上房，家里看了一圈，除了插线板和刮胡刀再没有值钱的电器，无奈又去后台转了一圈，捡了五副鸳鸯紫铜板，问"于记"收不收废旧金属，"于记"把鸳鸯板收了，才给了金子十八块钱。金子刚要翻车，却被于谦法制教育一通，收赃至多进去十五天，监守自盗最少也得判半年。金子拿着十八块钱欲哭无泪，突然想起晚上的活儿里还有一段学山东快书，赶紧跟于谦说想要回一副鸳鸯板。于谦答复，鸳鸯板只租不借，一场五块不打折。

演不演山东快书事小，错过了3SP限量版事大。金子提出跟"于记"贷款，但"于记"太清楚金子的家底了，觉得风险太大不肯放贷，并提醒金子，他的游戏设备抵押期就是一年，到期不赎就地拍卖。

金子新的游戏机买不到，旧的也要没，只能放弃钱庄，转而指望民间资产。对金子提出的无息借款要求，无人搭理。金子咬牙加到十分的利息，并且先付利息再借本金。

为在短时间内提高信用额度，金子好说歹说给了烧饼十块，从烧饼那借了一百，并答应请烧饼一顿鸡蛋灌饼。转头又给了岳帅五十，从岳帅那借了五百，承诺另请岳帅一顿炸酱面。接着掏出一百，从大拿那借了一千，并舍出去一顿涮羊肉。然后就是用大拿的钱先还了烧饼和岳帅的账，并请了鸡蛋灌饼和炸酱面。金子正打算用剩下来的四百块继续圈钱，但大拿提出必须先兑现涮羊肉，一顿饭的工夫，金子的本金只剩了二百。再赔上一席鱼翅炒饭，金子又从高峰那借出

了一千五。

金子的信用额度总在一千到两千之间徘徊，他拆东墙补西墙的策略倒是赢得了声誉，同时金子的请客标准也节节攀升，从最初的鸡蛋灌饼已经升级到了麻辣小龙虾崽。谁借金子钱，都能先拿十分利，贴个秋膘，再坐等本金如数归来，大家给金子放贷的热情都很高涨。

金子终于完成了空中的财富积累，买到了圣诞纪念特别版的3SP，但北京的唯一一部他还是没赶上，只好托人从香港买了台回来。甭管港版还是京版，金子算计着自己先尝个鲜，玩一阵之后再把这限量版在淘宝上拍卖，只要拍出三倍高的价格，自己就能还清所有借账，还至少能从"于记"赎回一个任天堂，重温一下魂斗罗。如果要能拍出十倍价格，那么金子的黄金年代就要来了。

金子是上天的宠儿，因为使用了劣质插线板，限量版的3SP烧坏了，虽然在保修期内，但金子必须拿到香港去送修，这飞来飞去的费用可没人掏。金子问师傅什么时候去香港办个商展，师傅说等北京申办了世界杯足球赛再考虑。

金子请各位债权人一起去吃烤鸭，他把最后一张荷叶饼塞进嘴里后，郑重宣布自己破产了，让我们看看谁掏饭钱。我下手晚了一步，金子的皮带被烧饼抢走了。他那台坏了的3SP修好了还能值点钱，但肯定不够大家伙弥补损失，何况还有眼前这顿饭。

云侠提出报警，却被刘源拦下，自家的事儿别麻烦公差，再说要是报了警就不能揍金子了。

恐龙建议曝光，我觉得找电视台来也解决不了什么问题，反而有可能让金子的做法被推广，危害社会。

云杰想起来，金子的家当都被"于记"低价收押了，我们拿金

子的当票去赎回来，起码能减少点损失。于是，大队人马杀回"于记"，金子则被扣在了餐厅当人质，涮完20000个盘子再拖10遍地才能回家。

于师叔见我们集体来赎当也很高兴，金子那些游戏设备不当吃不当喝还占着资金，都赎走了还能获利不少保管费。于谦去库房取装备，拿出来大惊失色，今年夏天雨水多，金子来当东西时也没把设备包裹好，加上炒肝油烟一熏，游戏主机生了锈，游戏手柄断了线，游戏光盘发了霉看起来像是青铜镜。金子的两大箱子宝贝成了破烂。民间资本凭空消失不说，连"于记"钱庄也赔了大本。

好在金子还能上台说相声，我们跟师傅说好，金子的工资按月均分，金子的吃饭采用配给制，天天馒头加酱豆腐。师傅心痛金子，提出每星期天给金子加包榨菜，我们也不好说什么。

金子日渐没了光彩，关键时刻见真情，我们手中的欠条被一个人

全部收购了，虽然只是半价，但能套现总比天天看着金子，怕他跑了强。金子的债权人现在只有一个——刘云天。

义薄云天还真不是神话，这样的搭档才能天长地久。

金子十分感激，表示千错万错不该远交近攻，只管别人借钱，而冷了云天的心。

云天宽厚待人，表白有兄弟才有捧逗，有包袱一块扛在肩上，以后《口吐莲花》敲锣就打金子的头；《反七口》要改成《正七口》，谁的辈分高要想清楚；平时桌子谁搬，椅子谁拿，盒饭吃完谁收拾不用再算计单双号，金子责无旁贷；逢年过节加班守夜，轮到云天时金子当挺身而出；组织发放福利，大到大米，小到白菜，金子要主动领了双份，一起送到刘宅；万一云天有个头痛脑热，那么沏茶倒水熬药煮面金子必须勇往直前……

名义上的逗哏演员金子刚出龙潭又入虎穴，在馒头加酱豆腐被监视劳动，与失掉乐趣但仍能吃上米饭红烧肉之间，金子毅然决然选择了后者。

第二十四计：
假道伐虢

师傅准备开个群口专场，让我们上一段《扒马褂》，这是群口段子里的看家活儿，史爱冬一直想试试里面的泥缝儿（群口相声中的捧哏者），站在两人中间左右逢源，上下呼应，想想都是美差。

不过这美差要竞争才能得到，师傅一时没想好这段活儿谁上更合适，就让大家都先准备着，过两天考核一下。对口好办，史老师和岳帅多对对活儿就成，可是要《扒马褂》他们就还得找个强援，这主儿功力要强，台风还得和他们搭调，人选倒也有几个，问题是其他组合也都摩拳擦掌要抢这个段子，史老师得早做准备。

早上，烧饼拿着个双层汉堡边走边吃进了后台，过了一会儿小四儿空着手来了。史爱冬便把小四儿拉到了一边，问他吃早饭没有。

小四儿没吃早点的习惯，史老师叹气说难怪有观众反映，你演出不卖力，却原来是没有力气闹的，常言说早要吃饱，早餐是一天工作的基础，不吃最损害健康，特别是长身体的时候，你看烧饼刚来时多瘦，现在长得多结实，将来肯定是个大块头。

小四儿有所领悟，表示会记得天天吃早点。

史老师怒其不争，说不吃早点是小问题，但人家吃早点不想着你才是大问题，一个汉堡多少钱，多买一个能破产？关键还是心里没你，另外就是怕你也长成大个，在台上抢去人家的风头。

小四儿若有所思，史爱冬又去找烧饼嘱咐。

哈！好香呀！

史老师批评烧饼不照顾兄弟，说你不懂事你别不爱听，好搭档得当亲兄弟处，好事同分享，吃喝不分开，人家小四儿有烟分没分你，有害健康单说，起码是想着你，可你早上买汉堡却不知给小四儿带一个，结果让人背后说你特抠门，这多不值，晚上夜宵记得给人家带一份，别老把钱搁枕头里藏着。

烧饼听话，晚上散场，出去吃夜宵，给小四儿带了一屉小笼包子回来。小四儿吃着正高兴，史老师又来探望。

这包子是烧饼给你买的，常言说晚要吃少，这么晚吃屉包子，你是睡还是不睡，睡觉不消化，长此下去胃要坏掉，不睡没精神，早上起不来又挨师傅骂，这招太损了。

小四儿觉得烧饼应该没这个心眼儿。史老师只好继续开导：人家去吃夜宵没叫你吧，我可听小店的人说烧饼只吃了盘黄瓜条，喝了杯牛奶，这才是养生之道。另外，那店里有馄饨、有炒饭、有烩饼，怎么单就给你带屉包子，这话也就我跟你说，那是早点没卖出去剩下的，晚上再热热端出来才卖半价，那面都酸了，不信你仔细尝尝。

小四儿吃包子蘸醋，越发觉得史老师说的有道理，一气之下，多半盘包子都拿出去喂了圣伯纳。

圣伯纳没觉得包子面发酸，只是不高兴肉少。这时史爱冬拽着烧饼出来，让他自己看好心好意买来的包子得到了什么下场，真兄弟有意见肯定话说当面，背后说坏话使阴招，这样的朋友可交不得！

第二天，师傅让烧饼和小四儿试一遍《扒马褂》，烧饼要解释井怎么能刮到院子外，小四儿却问他为什么不挖井偏挖坑。

史老师减少了一对竞争对手。

金子家里有点事，请了两天假回天津了。云天闲来无事，在后台看书。史爱冬关心云天怎么不趁金子不在，出去玩两天。

云天说金子是临时决定要走，自己再报个团去外地旅游时间太紧，周边的景点也都去过了，不如看看书休息休息。

史爱冬提示云天，记不记得上周金子买了个行李箱，这回也拎回去了。

云天说那是赶上商场特价，金子觉得便宜就买了。

史爱冬觉得云天太厚道，商场打折的东西多了，金子怎么不买个电暖器，应时应令正好用，却买个箱子搁着占地方。人家明明就是早有打算请假，箱子都备好了，不跟别人说也没什么，连搭档都瞒着实在不合适。

云天知道金子素来心直口快，不相信金子是有意不告诉自己。

史老师加大力度，说人家不跟你说，是怕你跟了去，你以为金子真回了天津吗？他是去大连玩了，不信你去看他给师傅填的假条，就写了回海边。

云天仍然将信将疑，史爱冬说不信你就等着看，金子会不会带十八街麻花回来。

云天满腹心事去上厕所，手机落在了桌上，史老师趁机用云天的手机给金子发了条短信："麻花油大糖多别带，大连产鱼干不错稍回来。"金子回复"好的"。

晚上，史老师在网上搜到了能修改电话显示号码的软件，用1860的名义给金子发了短信，提示用户近期手机短信携带病毒，为确保手机通讯安全，最好把收到的信息全部清除。

金子回来塞给云天两大包鱼干，云天看了看产地，顿时心灰意冷，提出要看金子跟大连女骑警的合影。

金子莫名其妙，海河边上哪来的大连骑警。

云天说，你没去大连，怎么会买大连鱼干，你要真回了天津，哪回不是买根麻花糊弄我。

金子急了，明明是你让我买的鱼干，买回来了不说给钱，还倒打一耙。

云天让金子拿出证据，别凭空忽悠。

金子说短信都删了怕有病毒。

云天说不怕手机中毒，就怕心理有鬼。

金子让云天看1860发来的提示短信，云天仔仔细细看完，更加确信金子是欺骗自己，史老师的短信落款是"大连移动"。

金子和云天的《扒马褂》在"烤鸭空降环节"出现了问题，金子费了半天劲，才解释清楚伙计如何扛扁担打架，将烤鸭甩到了二楼。云天一句话，废掉了金子的全部武功——那二楼没窗户。

史老师离成功又近了一步，考虑到少帮正张罗婚礼大事，光照着试婚纱，顾不上《扒马褂》，大拿空着正好拉来与岳帅一左一右，圆了史爱冬的泥瓦匠梦。那么，唯一的潜在威胁就剩下了高峰和我。

正是吃海鲜的时候，高老板格外忙碌，加上我也有所防备，史爱冬来了好几回，都没落到单独指导高峰的机会。今天看高峰出园子又要去上货，史老师想起也应该去红桥买个屁帘风筝，赶忙追了出去。

看着史老师背影消失，我去找岳帅，问他发没发觉史老师最近老神神秘秘地拉别人密谈。岳帅见怪不怪，说他就是嘴碎，半天不说话就吃不下饭去。

我提醒岳帅，最近史老师跟其他人谈话也就一次两次，但找高峰却是三番五次，想不想了解其中蹊跷。

岳帅洗耳恭听，我说史老师压根五音不全，你老学歌曲，那正好戳了他的短处，台上老显不出彩来岂不难受。这年底又要定级加薪，史老师要换段拿手的作品来参加评比，他就去找高峰想合作《双唱快板》，但这事儿他应该跟你明说。不然到时候，他和高峰上了台，扔下你一人现找谁都来不及。

岳帅倒不当回事，不就是换个活儿嘛，随他换就是，反正我也唱过主板书。

我指点云鹏，师傅正要办群口专场，你和史老师加上大拿，有个段子正适合，你去跟师傅说说，他老人家肯定同意。

岳帅和大拿达成共识，见史老师放风筝迟迟不回来，就先去跟师傅请示。师傅正为还要继续审《扒马褂》心烦，见岳帅主动换了个活儿，大拿也愿意帮衬，当然高兴，当下就请于谦找时间给史老师传授下经验，同时确定高峰和我带上李根上《扒马褂》。

史老师归来，岳帅和大拿正等着他排练《武训徒》，于谦把那件转战南北、被撕得稀烂春光乍泄的破背心也送给了史爱冬。我和烧饼他们也商量好，只要台上大拿一动手打史老师，我们就一齐上阵。

第二十五计：
偷梁换柱

　　一位老中医告诉师傅，人不可逆天行事，天睡我睡，天醒我醒，才是养生之道。师傅现在9点就爬起来了，这对惯常熬夜的人来说已算不易。早起的好处是人多了活力，组织也增加了早餐供应，由此师傅好上了养生之道。

谦哥早起就是好！
看我状态多好呀！

哈

坚持到底

养生道

师傅的性情是喜好上什么，就会全心投入钻研。没工夫听百家讲坛，就天天抱着养生的书认真研读，一旁还摆个芭比娃娃，随时对照经络。师傅从书里读出了兴致，也想过把私家医生的瘾。

金子得了感冒，头昏嗓子痛，坚持了两天觉得不行，去找师傅请假上医院。师傅正读到"去火消毒"篇，金子就送上门来，来得早不如来得巧。师傅抓住金子手腕号了号脉，又让他张大嘴查了查舌苔。师傅煞有介事地训诫金子，牙缝大就少吃韭菜馅饺子，手表别戴搁电池的，还是机械上弦的听得清楚。

关于金子的病情，师傅以为感冒是脏腑机能失调、精神过度刺激、生活没有规律，虚弱而生火的典型症状，这点小病根本用不着去麻烦大夫，完全可以自行调治。要知道医院里什么病人都有，接触各种细菌的危险更大，去了又是排队挂号，又是各种仪器检查，专家号多半挂不着，普通号怕赶上实习大夫，什么都检查就是砸钱，什么都不查，怕大夫诊断没了依据，这一趟程序下来好人都觉得辛苦，何况病人。当然大夫会给你对症下药，可头痛还没觉得好，屁股上先得挨一针，让你知道不能头痛医头、脚痛医脚，到头来还是划价取药打针输液花钱除病。若金子再碰到纲丝护士就更加痛苦，小姑娘会有意放慢按压针管的速度，好给你腾出工夫多签几个名。

金子觉得师傅的描述很恐怖，当下打消了去医院的念头，准备改上药房直接买感冒药。

师傅现学现卖的理论是：是药三分毒，治好了头痛，说不定伤了肠胃，借药力去病如同用肥皂水洗车，当时清洁如镜，往后则暗淡无光，最好还是调动自身的潜能逼走感冒病毒。

师傅笔走龙蛇，给金子开了个方子。怕金子偷工减料不遵师嘱，

还把我和云天叫来全程监督，随时报告治疗效果。

我和云天严格执行了师傅对金子的治疗计划。先把他架到饭馆，点了达人级的特辣重庆火锅逼他吃，目的就是让他以外火攻内火，多流汗多排毒。金子根本没有胃口，但不吃又不行，师傅说了他若抵抗治疗，就扣取暖费，加上这顿饭钱肯定也是金子买单，里外一算，还是吃撑了心理平衡。

金子的脸色很快就和火锅里的血豆腐融会贯通，我和云天喝着冰镇酸梅汤冷眼旁观，金子想给自己也要一杯，被我们坚持制止。金子需要去火，毋须排油。热火锅蒸着，辣子鸡入肚，金子汗流浃背，估计是辣椒摄入过量，金子出汗都泛红光，神似汗血宝马。金子喝不到冷饮，央求我们准许他要两条生黄瓜吃，这要求也不算过分，脆生生的黄瓜上来，被云天拦截，在装辣椒粉的盆里转了十八个滚，硬把绿黄瓜伪装成了胡萝卜。看金子的眼泪也带了红光，我们感觉食疗已经到位，让金子结了账，把他拖回了家。

进了家门，金子倒头就想睡，可我们必须完成治疗程序。三下五除二把他脱光，扔进卫生间沐浴，等不及开热水器，冷水刺激最激发心肺功能，金子起初还大声抗议，冲了半分钟就逆来顺受。

冷水浴完毕，我和云天使出擦QQ车的劲头，使足力气用毛巾把金子擦干净，做兄弟到这地步也算不易，金子却咬紧牙关连声"谢谢"也不说，一门心思被窝里面把身藏。

师傅的治疗方案还有很重要的一步，我把从饭馆里买的大瓶二锅头拿出来打开，云天把想要逃跑的金子按住，我把一瓶酒醍醐灌顶都倒在了金子身上。云天问我用不用替金子把酒擦干，我想师傅没交待，再说酒精应该多吸收吸收才好。

我们把浑身酒气的金子塞进了被窝，警告他不要伸胳膊动腿，应该安心静养。按照师傅的理论，金子经过外火攻心、凉水刺激、酒精擦拭，此时正应该再出一身透汗逼出阴湿，病气随着酒精挥发掉，睡一大觉起床就好。

过了两小时，师傅打电话来询问，金子是否已病态全无，又生龙活虎。云天看了看答复师傅，金子已似醉猫。师傅让金子下床走走应该没问题，我说问题是金子好像下不来床了。

我们等着师傅的下一步治疗指示，听到电话那边一阵翻书声，片刻师傅告诉我们，金子体虚医院还是不要去，打999叫大夫上门服务吧。

金子病好后，对辣椒和二锅头都高度敏感，听到这两样东西都哆嗦，这大概是师傅治疗方案的后遗症。

其实，酒还是好东西，特别是喜酒。少帮婚礼上保持仪态不能多饮。婚后来园子复工，兄弟们一块庆祝，这回就不能不喝了，加上没有媳妇管着，少帮少见的举杯就干豪爽之至，喝到后来，服务员上了一盆酸辣汤，少帮以为是端着大碗来道贺，双手接过来也要干，我们怕他烫死赶紧抢下来，少帮还有所不满，说酒要趁热喝才好。

这有精神的李醉猫比没力气的金醉猫要可怕的多，别人喝多了唱歌，喝个一首两首也就罢了，少帮喝多了要打板，还打算唱整本的西游记，可又记不起词，就"猪八戒大战孙悟空，孙悟空大战猪八戒"两句来回倒腾。少帮又痛饮一杯后，给唱词配上了身段，学钉耙泰山压顶，仿金箍棒举火烧天，结果动作幅度太大，失去平衡倒地不起，嘴仍不闲着继续让猪猴互搏。

见少帮醉成这样，大家乱了手脚，大拿要给少帮灌醋，岳帅要

用冰块给少帮擦身，高峰打算用刚烧开的水浸湿了毛巾给少帮热敷，李根觉得拿牙签扎一下屁股，能证实少帮是真醉还是装蒜。此时师傅得着我报的信赶来，先埋怨我们不该放纵少帮酗酒，再对我们的各种解酒措施嗤之以鼻。师傅说醉酒者心智已迷，医表不医心如隔靴搔痒，起不到作用。

我们等着师傅出什么高招，师傅拿起电话通知李夫人来观摩山寨快板《西游记》。闻听观音姐姐要到，孙悟空和猪八戒双双而逃，少帮也回到椅子上端坐。

自打师傅研究医术，我们就尽量减少当面和师傅汇报的机会，避免被他看出印堂发暗，开出乌鸡白凤、当归浸膏、风轮止血片之类的药方子，浪费钱是小，毁了身子变了性情是大。

依然和师傅形影不离的只有大拿。他的爱好紧随师傅，师傅唱梆子，他就学评戏，见师傅研究医术，大拿坚决跟风，跑到街上的书摊上去买医书。大拿问人家自学成医的书什么最好，卖书的推荐给他一本。大拿翻了翻，觉得书的内容很新奇，操作性也很强，只是书名有点惹眼，决定回来包个书皮。大拿在后台转了转，找到一张旧的宣传海报裁了，把买来的医书包了个严严实实。

大拿读书比师傅还投入，师傅是闲来读，大拿是读起来就心若无物。大拿认为学医道，必须体验才有收获，但病人都被师傅吓跑了，他只好用自己试验。

大拿天天按书中所示，分析自身健康状况，倒真感觉不错。只是清理园子厕所的阿姨颇多不满，忍无可忍地去找班主投诉，要求提高个别演员的文明素质。

师傅听了很诧异，叫大拿来对证，问他如厕完毕为何不冲，大拿称冲掉就无法自我诊治。

师傅听得糊涂，大拿就把买来医书学习的事儿说了，师傅对于大徒弟也走上华佗之路深感欣慰，叫大拿快快将书取来。

大拿把包着书皮的书恭恭敬敬地呈给师傅，师傅翻阅内容，再看看书皮，无名火起，罚大拿协助保洁阿姨清理园子一个月，并禁止他再学习旁门左道。

大拿买的是《大便书》（就是根据出库的东西质量，判断仓库运转情况的高科技，体现了日本医道的高深），包书皮用的纸，是师傅当年泻茶的宣传海报。

顺便说一句，师傅有病该上医院就上医院，喝袋感冒冲剂能好的也要让大夫输液，这也很正常，国际的顶级理发师保罗也理不了自己的寸头不是。

第二十六计：指桑骂槐

看一个人是不是时尚达人，就看他更新手机的频率；看一人交际范畴，翻翻他的手机名片夹。从前的朋友是立体的，工作单位、家庭地址、单位和家里电话，甚至生日、血型都一笔一画写到通讯簿上，端端正正摆在家里座机旁边。现在的朋友是11位数字代码，都存在手机里，有事情了就拨过去，刚响一声对方就接，不是老朋友就是从事销售工作的；对方要是始终不接，估计他忘记你是谁了。

在师傅看来，手机就是个说话听音的联络工具。在我们看来，手机应该是万能的数码娱乐设备，迟早银行卡会和手机号绑定，手机号也是你的身份证号，开着手机，世界在你掌握，关了手机，世界当你不存在。有手机开再长的会也不觉得枯燥，没手机上厕所都感觉度日如年。

平常很少自己接打电话的师傅，使的却是顶级的商务手机，众多的功能都冰封在说明书里。师傅只对随机的数据线感兴趣，抻了抻还算结实，便用做了哈士奇的备用脖绳。

奢侈品一般都不是耐用品，师傅的商务手机也会坏掉送修，不过几天没有电话往来，师傅倒也不在乎。

上午，大拿问师傅，听说您的手机修好了。师傅答是。

中午，大拿又问师傅，听说您修好的手机，软件升级成了VITA版。师傅答是。

晚上，大拿还来烦师傅，听说返修手机连外壳都换成新的了。

师傅急了，你烦不烦，我已经答应烧饼，这手机再坏就送他，你晚来了一步。

大拿深感委屈，说那麻烦您把呼叫转移取消了好吗？我一天净

替您接电话了。

手机从早到晚不离手的烧饼用的是全能山寨手机，你能想到的功能他全有，看电视、听广播、玩游戏，除了键盘小点，跟金子的PSP有一拼。烧饼跟我炫耀，他的全能手机能朗读短信，这样玩滑板的时候短信来了，是什么一听便知，不用停下来耽误工夫。我想试试，就用飞信把整本的《论语》发给了烧饼。烧饼的全能手机才之乎者也了半小时，就把喇叭烧了。

用山寨手机的好处一是更新快，二是价格便宜，三是坏了也找不到厂家保修。金子和云天在台上比卖力气，下了台就比拼更新手机，先较量待机时间，金子的欢欢手机号称可以待机一个月，云天的仿大哥大手机装的是巨无霸电池，据说替换QQ车电瓶，都能驱动100公里。金子输了待机时间，又比时尚，欢欢手机可以挂在脖子上支持奥运，云天的大哥大挂在胸前脖子上受不了。

电视台录制节目不让嘉宾带手机，金子离了手机心慌气短，就把福娃手机换成了熊猫间谍手机，看起来是一盒熊猫香烟，推开了便是手机。看云天的大哥大被导演收走，金子拿着香烟手机暗自得意，可喝口水的工夫，放在桌上的手机就不翼而飞。金子怀疑是云天藏的，云天让金子随便搜肯定没有。还是一个好心的剧务悄悄告诉金子，他去喝水的工夫，云天叫来服务员把桌上的剩盒饭和空烟盒都收了。金子跑去翻垃圾筒，在半碗酸辣汤里找到了泡澡的香烟手机，赶紧擦干净打开一试，手机当真吐了口烟，就再无动静。

金子一赌气又买了一款全钛钢手机，能防水防摔防雷击。金子要跟云天比手机结实程度。云天拉着金子来到园子门口，跟金子说，咱们把手机扔到马路对面去，真结实肯定摔不坏，谁输谁赔给对方二十块钱。

金子对全钛钢手机充满信心，用足力气扔了出去，隔着马路没听到什么声响。云天没扔大哥大，直接认输，掏出二十块给了金子。

金子去捡手机，才发现对面马路正在整修，热热的刚铺好沥青，坚硬钛钢手机嵌在渐渐冷却的路面上，已经成了反光标识物。

全世界手机用户中，中国人更喜欢发短信，因此中文手机的键盘磨损度最高，为了保护按键，翻盖手机的造型才长久不衰，相反老外喜欢的镜面效果，到了中国就不叫好，谁也不想大庭广众之下展示自己的指纹。

后台地小人多，打电话说点私事不如发送短信方便，其实兄弟们谁也不会故意探访隐私，只是有些接电话的人不厚道，不肯将手机打开免提，浪费了这一功能。

那天，岳帅在后台接电话，口口声声说还是前妻好，就算意见不和多点争执，可是沟通好了上手还是快。史老师对岳帅的婚恋态度深感不安，偷偷记下来去跟班主反映。师傅只知道岳帅有现任女朋友，什么时候出来个前妻，难道是老家的娃娃亲。师傅找来岳帅询问，云鹏答是接了个电视台导演的电话，问他愿意参与节目前期策划还是后期拍摄。可见，短信确有短信的妙处，起码不会隔墙有耳断章取义。

短信的好处还在于，可以给对方更大的空间。我想看看高峰睡没睡，可以发个短信过去："你睡了没，没睡起来看流星吧！"高峰若回信就是没睡，没回也可能是懒得理我。若我打电话去问他，结论肯定是他别想睡。

在高峰看来，手机新功能里最实用的就是一机双卡和短信群发。

163

高老板的生活圈子有两个，一个以园子为中心，一个以红桥为中心，因此需要两个电话号码，分别处理皮皮虾业务和演出事宜。

群发短信的妙处更不必说，省掉了好多不必要的寒暄，节省时间直奔主题，拉开大网愿者上钩。高老板新上了一批货，立马给所有客户群发——"皮皮鲜虾长二尺，十块三斤不讲价。"

逢年过节的短信祝福有了群发支持更加方便，高老板把收到的短信落款改成自己，把所有名字选上，剩下的祝福工作都交给电信代劳。短信祝愿轻如鸿毛，运营商财源广进。

高老板这回上的皮皮虾销售不太顺利，他想开个品鉴会以讨好客户招揽生意，订了房间买了红酒，高峰将短信群发了出去：今晚八点糖果酒吧，高峰海鲜品鉴试吃，感谢光临决不收费。

高峰想着生意难做，一时疏忽忘了切换手机卡，把应当给海鲜圈子发的信息，全送给了园子里的兄弟。这次聚会大家吃喝尽兴，玩得开心，只有高老板黯然神伤。

第二十七计：
假痴不癫

　　师傅赶走了雷曼兄弟银行的VTM机之后，再去城市相声管理委员会去开会，总是躲着那巍专员走。不怕小人猖狂，就怕人情如纸。师傅搅黄了委员会和雷曼兄弟银行的合作，那专员本来已经装在兜里的礼单变成了白纸，损失自然要算到师傅头上，胖人心细，有仇不忘，不是不报，时候未到。

　　年底，委员会发来了通知，要派人来检查组织的软硬件环境，以决定明年注册相声演员的比例分配，明知道得罪了那专员，但这种例行检查也推脱不掉，师傅只好硬着头皮顶上。

　　园子重新装修过，除了厕所垫得有点高，硬件上挑不出什么毛病来，师傅担心那专员会在员工身上挑毛病。人多语杂，备不住谁使个3G手机，被那专员逮住生往3S上引。

　　师傅宣布组织放假，遣散队伍，只留下能察言观色、又出言谨慎的云天、云杰和云鹏来恭候那专员。

　　师傅对"三巨头"寄予厚望，这场检查是组织必须要赢得的战役，能赢千方百计要赢，实在是那胖子刁难，言语不和赢不了，要动

165

手就要坚决，推一下也是停八场演出，踹一脚也是八场不能上，不如打狠一点出出气。

可能是那专员良心发现，也可能是他听说了组织的留守阵容，那专员打过电话来说，为体现这次检查的公开公正尽量公平，检查已经委托给了一家调查公司来进行，检查的重点是员工文明举止和企业氛围。

师傅得到消息马上兵来将挡，换下"三巨头"，召回了能说会道的大拿、金子和我应对调查公司。

师傅给我们的交待同样言简意赅，调查公司一定要接待好，要充分展现我们的热情和文化魅力，只要调查公司满意，以后大家加班的时候就可以有免费的庆丰包子吃，如果调查结果不理想，我保证你们明年一年的工作餐只有庆丰包子吃。师傅说罢抽身而去，留给我们

充足的时间做准备。

我觉得这种接待场合还是正装合适，穿了套西服。

金子相信职场如球场，甭管是球还是人，能踢上一脚就有收获，换了身面对面的足球服，要充分体现组织员工的意气风发。

大拿比较持重，觉得待人接物要像上台演出般一丝不苟，穿上件灰色大褂，还找了个小算盘当道具，酷似药铺的掌柜。

我们仨正互相看着别扭，师傅又打来电话，说得到了可靠线索，调查公司派来的调查员烟瘾极大，抽到烟口比蜜甜，抽不到冷若冰霜，但园内禁止吸烟又是演出场所文明达标的重要指标，师傅要我们找出解决这一矛盾的办法。

金子觉得此事简单，关上门检查，让他想抽就抽呗，反正也没人知道。

大拿发现假爱运动的人就是鲁莽，现在检查都是要全程录像的，门关了摄像机开着一样铁证如山。

金子继而提出，干脆在后台设个吸烟区，踏踏实实大大方方让调查员抽烟休息，是说演出场所禁烟，可没规定不能设特区呀。

大拿仍然反对，后台本来地儿就不大，就这一通道，一边设为吸烟区，一边设为禁烟区，中间再打个隔断，门口挂个纱帘，灯光再昏暗点，金子和小平一人搬把凳子坐一边，知道的是后台，不知道的以为发廊呢。企业文化肯定得零分。

金子对大拿给吸烟区挂红灯说法十分不满，逼着大拿要主意。大拿能否决，却没创意。

看来，还得我想办法。这烟当然是不能抽的，可是谁也没规定后台不能加工小吃，我们可以招待调查员秘制烧烤。

大拿又挑骨头，师傅只告诉调查员烟瘾大，可没说调查员饭量大。

我跟大拿解释，是要用秘制烧烤代替纸烟。

金子不明所以，烧烤也就是孜然、辣椒味，怎么也闻不出红塔山味吧。

我强调是用烧烤的形式，包容抽烟的内涵，具体点说，就是借鉴煎饼卷大葱的样子，用最薄最软的山东煎饼，里边裹着上好的烟叶，这么一卷，就是标准的中式雪茄。

金子为新奇的中式雪茄叫好，大拿怀疑煎饼卷烟叶子点不着。

我认为只要和面的时候用酒精，不用水，煎饼就一定能点着。

金子觉得玉米面要是燃着了应该比烟纸的劲大，怕调查员抽不习惯。这次大拿也来了主意，我们上中式雪茄的同时，再配上一个削好的水萝卜，中间钻个眼，插进煎饼卷烟里，又能过滤，又能通气。

主意打定，我们开始为中式雪茄忙碌。刚刚准备好，客人就到了。一看这位，一手拿着摄像机，挎着个电脑包，果然精明强干。

未得来人开口，大拿抢上前去，一把拉住调查员，用上了《相面》里的词，"哎呀，您可是天生福相，常言说眉为保寿官，眼为监察官，耳为采听官，嘴为出纳官，鼻为审辨官。五官有一官好，必有十年旺运，你这五官可是绝无挑剔之处。"

金子怕好话被大拿说尽，让大拿快松开调查员，人家远道而来，先得休息休息。我以为金子会把调查员往沙发上让，不料他找出了师傅演《窦公训女》时用的小马扎，强行让调查员坐下，还口口声声说，沙发虽然舒服，却不利用血液循环，特别对于腰肾的负担过重，还是板凳健康环保，还经济实惠。

我不能光看着金子和大拿忙活，急忙倒了杯花茶，想递给调查员，却被金子拦住。

金子说已经到了后奥运时代，喝茶营养吸引收太慢，快节奏的生活需要更高效的运动饮料。

调查员喝了口金子送上的运动饮料，表情像上海人喝了豆汁。

我捅了捅金子，问他下了什么药。

金子说是红牛兑王老吉，还有一点点苦丁茶，红牛强体但易上火，王老吉消火却不消渴，解渴嘛苦丁最好，三种饮品各有长短，配合起来效果才佳。

大拿看出调查员不太接受金子的运动饮料，赶紧打圆场，说这饮品虽然未必好喝，但一定有益，来来来，你还应该把领带摘了，长时间佩戴对颈部是压迫。服装嘛，还是中式的好，哪哪都宽松。

大拿边说边解下了调查员的领带，一边金子不知从哪里又变出了个钛项圈给调查员戴在了脖子上。

调查员已经被我们的热情折服，专心听金子讲解钛项圈的功效。

金子看来是刚背过说明书，讲起来头头是道，这可是最新科技产品，能通过释放离子、调解人体电流等手段，治愈颈椎病，最适合您这样的调查专家。

调查员接下来的举动出乎我们意料，他一把拉住金子，恳切的要求金子收他为徒，说如果能学到金子的半分功力，推销摄像机也易如反掌。

这厮闯来搞推销也不早点说，害我们白费了半天工夫。金子抢回了钛项圈，并把假调查员赶了出去，大拿解下了领带也没还他，我捡来正好去给擦 QQ 车。

假的走了没多会儿，师傅就带着正宗的调查员来了，果然是一副不苟言笑的面孔，好在我们准备了中式雪茄。

调查员问东问西，一通狂拍猛写，眉头始终紧锁，时机差不多了，我冲金子使了个眼色，大拿也把师傅支走（这秘技要成功后再给师傅惊喜）。金子拿出了中式雪茄插上了萝卜，我点着了打火机。调查员满脸迷惑，我劝他不必担心，抽一口就心知肚明。

调查员也闻出了烟草的芳香，眉头下隐约展现了笑纹，从金子手里接过了萝卜过滤嘴的煎饼雪茄，对着打火机的火焰深吸了一口。

可惜师傅不在场，他说过《口吐莲花》，但一定没见过口喷火球。三年之内组织连参加评测的资格都给取消了，除非那专员调走，否则我们甭想有新演员登台。

第二十八计：
上屋抽梯

那专员是专家型领导，一杯龙井端上来，闻香便知是明前茶还是雨前茶，若是云南普洱稍一沾唇，即可明辨是来自茶马古道，还是出于马连道茶城。喝茶喝出了灵感，那专员想到应该给天桥相声评判等级、分出雅俗、划区管理，负责任的指导观众到 A 区去正襟危坐陶冶情操，到 S 区去挑战黄牛接下茬取乐。

倘若相声分级成功，管委会也可以分别施政，加强 A 区的礼仪培训，确保演员为人师表；派专业人员负责 S 区的安全检查，只要一个段子里出现三次 3S 内容，就直接把演员拉到阜阳去关禁闭，这可比市民发三次黄段子罪过大多了。

分区之后还可以把以往的剧场建设费、演员培训费、园子通道使用费等杂七杂八的收费取消，统一改成相声消费税，加在票价里，看得多掏钱多也合情合理，这是一定要和国际接轨的。虽说剧场建设费之类的其他地儿原本也没有，但接轨也要保留自身特色，收了那么多年，观众也习惯了，一下都去掉不太好。还有一点很重要，硬件接轨了，软件服务也要跟上，充分挖掘人力资源优势，原来管委会负责

171

收费的人员全都转到园子去说相声，工资待遇样样不变，培训个十来年，能集体合唱个"发四喜"就不算埋没人才。

那专员以为，当下德云企业的利润空间相当大，虽然是我们自己养活自己，但也算赢利企业，实行相声消费税，就可以从园子的收入中，明火执仗地分去一杯羹。大剧团虽然政策有保障，资源有先机，但经营总不理想，就算公推进了五百强，还得年年贴补，月月跟国家哭穷，用小园子的钱去补大场子的亏空天经地义，收小园子的钱来提高管委会领导的补贴也是取之于民。

相声分区管理倒也容易，按那胖子的眼光，戴S标的超人可以山寨克隆，能挂上S区牌子的非德云园子莫属。因此，问题不在于如何划分，而在于采取什么方式来标明界线。

那专员觉得应该修个标志性建筑物，让观众一望便知相声分区之事，但具体盖什么那胖子还没打定主意。

那专员来找师傅征求意见，对师傅提出了两点希望，一是希望师傅拿出个分区标志性建筑的设计方案，二是希望园子出资供那专员出国考察一圈。

师傅问那专员想去哪里取经。那专员觉得拉斯维加斯是个典型城市，不妨一去，扔扔有六的色子，考察没溜的市政。师傅提醒说您去可以，回来时可得把考察费用清单收好，万一丢在城铁上会惹麻烦。

那专员开心地去办护照，准备领略美国相声文化。

师傅暗气暗恼，可又不敢得罪了那胖子，只好发动大家伙共商对策。

大拿提出盖个仿古牌楼，正面写"相声分级，功在千秋"，后面写"三俗地带，出入平安"。少帮觉得这不是牌楼，更像是牌坊，那专员本来就对传统的东西不屑一顾，更不可能同意去扛石碑。

师傅也觉得大拿的主意没什么创造性，那胖子向来不喜欢奉承，更喜欢实物，能让他中意的应该是个功能型建筑。

少帮认为可以盖个大喷泉，用七块板的造型，按照板子的节奏吐水，想进园子的人都得穿水雾而过，意喻"除却浮华、荡涤心灵"，这样做还可以增加园子里热毛巾的销路。

高峰附和少帮并锦上添花，说光有喷泉不利于水资源保护，还得修个大水池子，喷泉起动的时候供水，喷泉休息的时候用于水产养殖。

我认为高峰的目的不纯。

金子说立个那专员雕像最好，让他左手怀中抱月托着个地球模型，小嘴微张笑容可掬做侃侃而谈状，右手抬高放飞一只和平鸽，整

173

个身体腆胸叠肚摆出一个大字型，寓意"大块头有大智慧，用相声呼唤世界和平"。

看着金子比划出的造型，云天笑得肚子痛，说你这分明是"胡说个球，招摇个鸟，吃饱了撑的抻懒腰"。

师傅也觉得建雕像太麻烦，还得安排专人每天清洁唾沫和口香糖，万一有鸟屎正好落进小嘴里，看着还以为是演说到了高潮口吐白沫呢。

师傅否定了我们的意见，自己已有了主意，他决定设计个不对称的过街桥，以桥中间南北分界，代表A区那半是宽宽的大理石铺就的石板桥，代表园子这半是破木板搭起来的独木桥，这象征了一条是康庄大道一条是前途艰辛，二者当空而接，正是相声分区南北划界的绝佳标志。既是地理概念，又体现了人文关怀，还有相当的经济效益。桥本身虽然不对称，可还是可以供行人通行，能解决园子门口行人乱穿马路的难题，当然，过桥的人需要交纳少许过桥费用于归还建设贷款，管委会也可以实现一次投资，终身受益，只要桥不塌，收费绝不止。

师傅去为那专员送行，在机场把打印出来的相声分界桥效果图给那胖儿看。那专员此时心情正好，盼望去赌城一秀麻将技艺。当下拍板同意师傅的设计方案，通知管委会开始拨款施工。

但那专员毕竟身为领导，过安检前还是想起了一个细节问师傅，你这个分界桥南北不对称，图上也没标具体尺寸，就能看出一边宽一边窄，窄的那边不会影响我通行吧，要保障安全才好。

师傅请那专员放心，相声分界桥经过精密测算，木板桥只比石板桥那边稍窄，两个人手拉手蹦蹦跳跳过去都没任何问题。

那专员安心地踏上了美国西海岸之旅，相声分界桥也同步开始了打地基施工。

按照师傅的设计，石板桥可以并行三辆摩的，木板桥部分大拿和云侠手挽手单脚跳，只要动作协助一致，别偏离中心线就能过去。被那专员忽略的还有桥高，师傅认为相声分界桥应该让过往车辆也能近距离观察，而非行人独享，因此桥高是参照QQ的车顶。QQ车可以严丝合缝的通过，若是SUV车，过了分界桥就改造成了敞篷车。不过，相声分界桥设计低点也有好处，万一那专员从独木桥上掉下来，不至于摔得太重。

伟大的相声分界桥工程被叫停了，虽然同为局级单位，但交管局的权威比城市相声管理委员会大得多。

那专员主持的天桥相声划界计划成了烂尾工程，那胖子难辞其咎，被问责免职。笼罩在师傅头上的胖子阴影终于消失了。

（郑重声明：那专员不擅长棋类运动，仅与百姓喜爱的那小嘴老师同名同姓而已。慢走那专员，我们不会想念你的。）

第二十九计：
树上开花

　　穿衣戴帽各有所好，通过着装可以看出人的性情来。

　　师傅着装讲究品相，以耀眼夺目为荣，除了大褂是素色的外，生活中的衣服多是掐金边走金线，飞龙绣凤花团锦簇，总有种复活节彩蛋的味道，看着就那么喜兴。可见师傅是个不依常理出牌的主儿，包子有肉也在褶上，走到哪里都吸引眼球。

　　于谦着装讲究品牌，西装也好，夹克也好，一水儿的牌子货，服装要有出处，方显男子本色。于谦最喜爱的都彭衬衫，袖扣掉了一颗，于夫人找不到原装的，就补了颗普通的扣子，弄得于谦到哪儿都揣着手，生怕露出破绽，这样倒更显出做人的低调。

　　史爱冬起先也讲牌子，并且总和于谦比，但总是落后半级，于谦的领带是金利来的，史爱冬的领带是好利来的；于谦的西裤是九牧王，史爱冬的西裤是九头鹰；于谦的布鞋是步赢斋的，史爱冬的布鞋是九龙斋的；于谦的钱包是 LV 的，史爱冬的钥匙包是 BTV 的；于谦洒的香水是古龙的，史爱冬涂的香水是六神兼有防蚊功效的；于谦兜里常放几块德芙巧克力，史爱冬口闲时兜里揣把花生随

剥随吃。

　　有一次，于谦从香江边上买了件鳄鱼夹克，史老师一赌气从白洋淀边上也买了件鳄鱼夹克。岳帅问他鳄鱼头是冲左还是冲右，史爱冬想了想答冲上。史老师的壁虎夹克总算从气势上压过了于谦。

　　其实我认为，衣服是穿着舒服就好，着装的关键不仅会"品"更要有"德"。后台的演出服装，有演员自己订制的，但大部分还是组织提供的，为节约成本，师傅常常是批发来一批同色同质的布料，统一裁剪，大概齐分出个大小号，都挂在那里，谁上台谁穿，下台再挂回去。由于大家的穿衣品味和生活习惯不同，就出现了问题。

　　比如说我喜欢热情似火的红色，高峰却偏爱象征生机的绿色，但红配绿总是不好上台，我俩只好约定，以先换上的为准，后来的只能跟风。高峰对于穿自己喜爱的颜色上台有些偏执，每每就提早到后台，就为了在大褂上抢得先机，我懒得和他抢，来的路上还给他带了

罐冰镇芬达，以德容人。我怕芬达里面有果肉沉淀，给他之前我还替他猛劲摇了摇。把芬达递给高峰，我嘱咐道："就这一罐，你先打开喝口，不然被运动回来的烧饼看见，这就不归你了。"高峰很高兴地体验了一回冰爽的感觉，喷出来的碳酸饮料滋润得高峰大褂尽湿，也只得脱下绿大褂换上红的和我上台。

烧饼爱运动，演出前常溜出去板滑几圈，身上出透了汗，钻回后台嫌麻烦也懒得洗，直接擦上点爽身粉就换大褂，只当水洗变干擦，再脱下来的大褂就有一股澡堂子味，一闻便知是烧饼专用，不过因为是半湿状态，倒显得衣服线条清楚。某日，金子鼻炎发作，发生嗅觉障碍，在后台换服装时，偏看上了烧饼刚脱下来的有型有款的大褂，穿上时也没发觉大褂还在掉渣。也是因为嗅觉故障，为给观众带来全面的愉悦，金子特意趁于谦不注意，偷喷了半瓶古龙水在身上，于是金子裹着男式香水和婴儿爽身粉的混合气场上了台，弄得前排几位直咳嗽。光是味道倒影响不到金子，可这超量的香水和过期的爽身粉渐渐碰撞出了激情，金子说着说着《聊斋》，忽觉得浑身刺痒难耐，又不能在台上挠挠，只能生生硬挺，挺得身体直打颤，声音也有点异样。台下的纲丝妈听得如痴如醉，教育身边的孩子淇淇说："瞧见了吗，金子哥说得多投入，说到狐仙附身，还带身段，表演多到位，你要认真体会，好好跟金哥哥学。"台上的金子不住地用眼角余光瞟坐在台边的刘艺，希望刘艺能和自己心灵相通，送个痒痒挠上来。

狐仙附体事件发生后，史爱冬引以为戒，生怕被别人陷害，跟李少帮说无论如何得把大褂私有化，至少也得做点记号，避免乱穿。

少帮也有同感，但是大褂样式都一样，要分辨清楚也难。

史爱冬早有主张，说等下一批的大褂送来时，抢先挑上一件成色好的，在领子上绣个名字缩写，比如SAD，这样就不容易穿错了。

少帮也觉得这主意不错，就和史爱冬一起去鼓动高峰，让高峰发挥十字绣的技艺，替他俩在大褂领子上绣名字。因为后台只有一大一小两件绿色大褂，高峰觉得自己没有绣字的必要，但也不好拒绝史爱冬和李少帮，就为他俩各绣了个缩写，为图省事，一个绣了个 S，一个绣了个 L。高峰刺绣的时候，正被许广看见，见着有份，又让高峰多绣了个 X。

史爱冬和李少帮有了专属大褂很高兴，每次都提醒别人不要误穿，也的确没人再动他俩的大褂。但好景不长，前几天史爱冬、李少帮和许广的大褂同时失踪，三人去找负责服装的肖佳玉。肖佳玉不知道专用大褂的事情，指了指角落上的一个衣服包，说这有三件大褂，是不是你们要找的。

三人打开包袱，果然是三件签名版大褂，只是大褂上全是污迹，闻一闻像是酱豆腐。

史爱冬悻悻地对肖佳玉说："你对我们的大褂干了些什么？！"

肖服装什么阵式没见过，戴首饰的都不怕，何况史老师："这话怎么说的！我可什么都没干，是天乐票房的人来找师傅借大褂，要到腐乳厂去慰问演出，师傅让赵德财自己来挑大褂，他就大号 L、小号 S 各拿了一件，还选了件均码的 X。有问题你们找赵德财去！"

天乐票房的慰问演出效果颇佳，赵德财十分感谢师傅的支持，特地管腐乳厂要了两箱酱豆腐，选出快过期的十瓶，用大褂包了，兴冲冲来园子还大褂，结果进门时和踩滑板出去的烧饼撞了个满怀，瞬间仅剩了四瓶完好的酱豆腐，三件签名版大褂撒花红酱满身，成了组织支援票房活动的历史纪念。

第三十计：
反客为主

接替那专员的是周群助理，周助理是业务干部出身，上任头一天就来园子蹲点体验，看见师傅和我们亲密无间，打招呼不带职位尊称，进班主办公室的门也不预约，只要没排上节目来去时间也很随意，周助理连连摇头。

周助理要给师傅补上现代企业管理的知识，一定要对属下严厉，才能保持绝对权威，老板越暴力，员工越没脾气。

周助理："运作好企业的关键是创造良好的秩序，保持良好的秩序就要建立严格的制度，建立严格的制度就要严厉教训迟到早退、上班炒股、MSN聊天、拉帮结伙，总之，老郭呀，你首先是老板，其次才是师傅，在老板的地盘上，只能为公司服务，没有任何私人事务，你明白吗？"

师傅："话是这么说，可这毕竟是园子，不说不笑不热闹，都拘着就没气氛了，再说我们也有考勤制度，来不来都得跟我请假才行。"

周助理："那远远不够，严格的考勤不仅仅是约束员工，更重要的是从精神上震撼员工。"

师傅请周助理说的再具体点。

周助理觉得实际演练比单纯讲课更有效果，就让师傅给我们下达工作指令，当然要说什么是周助理写在纸上，由师傅念出来，周助理在一旁监听。

按照周助理的安排，师傅先拿起电话给大拿："我交待给你的事儿完成了吗？"

大拿莫名其妙："哪件事儿？我今天有好几个事儿呢，做发型、开嗓子、跟李菁对词，还得……"

师傅："哪一件事儿？你连自己在干什么都不知道，完全没在工作状态，你今天不用上台了。"

周助理很满意师傅强硬的语气，对员工讲话就得这样，要出其不意地打击他们，让他们时刻感觉到压力。

师傅告诉周助理，临时改水牌子，不让大拿上场，观众该不干了。

周助理想想也是，又让师傅再打给大拿："我查清楚了，那件事是交给金子主办的，让你配合，他没跟你说吗？你通知他来找我，这事完不了。不过你问题也很严重，迅速写份下星期的工作安排给我。"

不等大拿反应过来，周助理让师傅挂断了电话，师傅不知这又演的是哪一出。

周助理解释，这叫压力转移，紧张情绪是可以传染的，而且这种压力每经过一个人都会放大一点，就跟散播小道消息是一个道理。另外，员工之间没矛盾也要制造矛盾，毫无猜忌不利于企业发展。

金子的电话打了进来，不知道大拿是怎样转述的，金子说话都带颤音："师傅，您交待我哪件事没办好呀，我这两天练功挺刻苦的，

隋唐说到程咬金三板斧了，你不让我玩游戏，我也没买新的PSP，这你都是知道的，那狗没溜是烧饼忘了，跟我无关……"

师傅不理会周群的纸条，开始安慰金子："算了，也没什么大事，你踏踏实实练活吧，记住下一段劫皇杠的赞儿要使好，节奏别太快。"

周群见功亏一篑叹了口气："好好的链条，刚启动就被你毁了，只要你严厉，员工就心虚了，老板就应该孤独一些，你应该和委员会心连心，跟员工背靠背，可你总是反着来。"

师傅不同意周助理的意见："我不是想拆你的台，可我觉得你的方式有问题，让大家伙提心吊胆，能有什么好处？"

周助理："你知道，人一紧张就不会胡思乱想，也没有心情听歌看书喝花茶，免费的盒饭也可以少吃一些，这对公司动作是有利的。"

师傅认为紧张会影响到演出状态，笑场笑不出来，忘词概率增加。

周助理指点，出了差错才好，就可以不发奖金，甚至扣一部分工资。但要把握好一个尺度，就是可以伤害员工的个人利益，但不能影响到公司的收益，也就是允许演员失误被哄下去，但不允许观众集体要求退票的情况发生。

师傅觉得这实在非人性，建议由委员会领导直接来主持园子日常工作。

周助理让师傅不要感情用事，现代企业管理方法的优越性得慢慢体会，总之对员工太宽松没有好处。

周助理继续给师傅演示，让师傅打电话给高峰，说今天要出一份商演的策划书，询问高峰能否加个班。

高峰要去红桥盘点，就直接告诉班主，明天可以早来做策划书，但今天加不了班。

周助理在纸条上写：你给员工留有余地，员工就会讨价还价，这就是宽松的后果。

师傅按周助理的纸条说话，态度变得强硬，告诉高峰，既然今天不加班，那么明天四点必须准时来园子，要晚来一分钟，就被解雇了。

给高峰加压之后，师傅无奈地问周助理，高峰凌晨来了发现根本就没有什么计划书要做，如何收场？

周助理和师傅讨论的是管理学，而不是业务。反正随便让高峰写点什么都成，关键要让他明白，和老板讨价还价是要付出代价的。

师傅觉得这是损人不利己，害得高峰早起，组织还得付加班费给他，而且他那么早来，谁来给高峰画考勤，他说几点就是几点。

周助理这才把话题转入实质，她想把地铁里的刷卡机引进园子，

摆在后台门口，演员每人一张卡，只能用于自己出入，几点来、几点走一目了然，没有卡的人也休想进入后台。

师傅觉得电子化管理总好于非人性管理，再说周助理头一次来推销业务，也不好驳了面子，便答应先试用一下，如果设备没问题就买下来。

周助理来园子上了一课，预售出了一套带开关闸门的刷卡机满意而去。我们每人手里多了一张进出后台的通行卡，因为还处于试用阶段，这卡暂时不收费，就怕师傅想起来，每通行一次收点设备折旧费，我们就更添了麻烦少了银子。

这刷卡机的停留期限不比VTM机长多久，放了两个礼拜就搬走了，主要是太耽误事。

机器刚装上，大拿就来尝鲜，走到刷卡机前，却不知该刷哪边才能出去，正好李根要从他左边通道过关，大拿想跟李总统讨教，应该使用英文。

大拿询问李根："我应该刷LIFT？然后GO。"

李根答复得很干脆："Right。"

大拿听李根的，在左侧的读卡区刷了卡，左侧闸门打开，把李根放了过去，大拿面前的闸门纹丝不动。由于试用期内的刷卡机只限每人进出园子一次，结果大拿失掉了回家的机会，只好将就住在了后台。

李根也没好到哪儿去，他陪女朋友去前门步行街采购，大包小包买了一堆东西回来，好不容易左提右抱地挪到刷卡机前，先把东西放下掏出通行卡来刷上，闸门打开。可等李根一件件把东西归拢好拿起来，闸门开放时间已过，又关上了，李根也失去了进来放东西的可能。

最倒霉的还是师傅，周助理告诉他，给老板的通行卡没有进出次数限制，闸门的单次开启时间也最长，却忘了告诉他闸门的关闭力量、速度和开启时间成正比，开的时间短关的动作就慢，开的时间越长合上的劲儿越大。

经过周助理的培训，师傅觉得当个严肃的老板也相当不错，特别是看刷卡机到位后，大家不能随便出入，有事没事都得在后台，当着师傅的面钻研业务，让他更加体验到了老板的乐趣，因此行为举止也端起了架子，走路一步三摇，说话慢条斯理。

每当师傅用他的VIP通行卡通过闸门时，我们只有羡慕看着的份，师傅很喜欢这种被聚焦的感觉。一天，师傅福如心至，站在刚打开的闸门口给我们训话，让我们牢记一个优秀的员工，不该说的不说，不该问的不问，全依老板指令行事才是本分。

我们沉默是金，只是希望多多听取老板教诲，可惜闸门的狠力打断了师傅。

师傅不顾周助理的反对，把刷卡机退掉了，说话恢复了以前的语气，只是走路还是快不了，也不乐意坐着，闸门给屁股的伤害还得调养些时日。

第三十一计：
美人计

　　从陌生到熟悉是个过程，和陌生人遇上谈得投机，一起吃个饭也就成朋友了，钱要不多谁请谁都无所谓，钱多了AA制合适。

　　一次我和高峰正在饭馆等座吃饭，一个长像很雪村的瘦子也在排队，等着也是无事，瘦子凑过来和我们聊起哪家馆子的酸菜地道，谈吃的比聊天气更容易沟通。

　　我们等到了位置，瘦子提议干脆一桌吃得了，并声明这顿饭他请客。让陌生人买单，我和高峰都觉得不合适，建议还是大家AA吧，瘦子也同意，就点了一壶菊花茶，叫的巴西烧肉和龙虾两吃，三人边吃边聊，吃饱了结账，瘦子把服务员叫来，问了价钱，先把自己那份掏了，接着安排我结巴西烧肉、高峰交龙虾的钱，合着瘦子就出了菊花茶钱，也是桌上就这三样东西，一人结一样也算AA。

　　烧饼和小四儿去吃冰激凌时也碰上了"熟人"，俩人正站在柜台前犹豫点什么，旁边一个大眼睛小姑娘给他们一人手里塞了个蛋卷冰激凌，还一直夸他们长得像自己哥哥。烧饼和小四儿听得很受用，坐下来和小姑娘聊天。蛋卷吃完，大眼睛说我请过哥哥了，那哥哥也该

请妹妹吃点什么吧。平常不到万不得已决不付账的烧饼很爽快的答应了——想吃什么随意。

　　小四儿看着冰激凌火锅和外带全家筒端上来，暗叫不妙。烧饼不买单不知柴米贵，仍然谈笑风生。也怪小四儿不够意思，借口上厕所独自逃掉了。

　　烧饼哥哥和大眼睛告别后，也跟自己新买的IPOD播放器道了别。冰激凌店伙计说，要不是看你的IPOD能支持RM，休想用实物抵账单。

　　金子对词对得饿了，到门口去买煎饼。刚出园子就被一个大眼睛小姑娘叫住。金子见小姑娘拉着一个大行李箱，手里拿着个日记

本，羞怯不敢正视金子。金子热心肠，问小姑娘有什么事需要帮助。小姑娘说自己从山东来，就想听回德云相声，特别是金子哥和云天哥的，但因为家里有事得赶紧回去，段子是听不成了，能请金子给签个名也觉得幸福。金子感情脆弱，不光替小姑娘签了名，转身还就要进园子拉云天出来给小姑娘说一段。小姑娘忙把金子拉住，说时间来不及了，反正以后还有机会来看云天哥，只是……

金子见小姑娘欲言又止，让她有什么事不要客气尽管说。

小姑娘眼带泪光，说特想回家前尝尝著名的园子门口的煎饼，可自己的钱都买了火车票了，看金子哥能不能……

金子二话不说把小姑娘带到煎饼摊前，小姑娘还有点不好意思，只柔柔地说，我买的煎饼金子哥给钱。

金子特意让卖煎饼的给打上了三个鸡蛋，看着小姑娘拿着热乎乎的煎饼走远，自己心里也暖洋洋的。

金子自己要的煎饼也得了，金子摸出五块钱放进卖煎饼的钱匣子里，扭头要走，却被卖煎饼的叫住，说钱不够。

金子想起小姑娘的煎饼里多放了俩鸡蛋，又翻出一块钱硬币扔进钱匣子。这回卖煎饼的从三轮车后面绕过来，一把拽住金子，让他快点给钱，别开玩笑。

金子说你放的鸡蛋，又不是金蛋还打算要多少。

卖煎饼的说二百套煎饼五百块钱，你别装糊涂。

金子心说奥运刚过，卖煎饼的就公然在园子门口打劫，八成是被经济危机吓傻了。

卖煎饼的也气愤，今天的煎饼摊让那个大眼睛小姑娘包了，一刻不停的打鸡蛋刮铛子好不容易摊完了二百个，明明是说小姑娘买的煎饼金子买单，怎料想金子翻脸不认账。

金子听卖煎饼的说完也是惊讶，解释自己根本就不认识那个小姑娘。

卖煎饼的自是不信，说不认识，你答应替人家付钱；不认识，你让给她多加两鸡蛋；不认识，这园子进进出出这么多人，她怎么就和你说了半天话，你还给人家写纸条。

金子刚要找辙儿，细一捉摸，肯定是卖煎饼的闲着没事逗我玩。

金子让卖煎饼的别演戏了，你说多半天摊了二百个煎饼，煎饼在哪儿？

卖煎饼的觉得金子太矫情，说你以为小姑娘那行李箱里装的是什么？二百个煎饼，正好。

189

不管怎么说，卖煎饼的就一个信念，是金子答应为小姑娘掏煎饼钱的，不交出五百块，金子休想离开煎饼摊半步。

卖煎饼的出道的时候，师傅才刚开始在园子里说相声，金子软硬都战胜不了前辈，只能自认倒霉。

我们吃陌生人的亏，是街头随机碰上的，恐龙的孽缘可是网上结的。云龙有个QQ群，有位新加入的姑娘三天两头约云龙见面吃饭。恐龙请她来园子，她说园子人太多，聊天不方便，还是外面单独谈清静。云龙性格内向，拿不定主意是否该和陌生姑娘见面。

张蕾让他放心去："你们找人多的地方见面，快餐店里坐坐能有什么问题，聊得来就聊，谈得没劲就走，你要怕脱不开身，我就过半小时给你去个电话，你接了就说师傅找你，走人就是。"

中午云龙和大眼睛小姑娘见面后感觉还不错，小姑娘的话比恐龙多得多。恐龙建议去麦当劳临窗看车流，小姑娘嘟着嘴说恐龙跟不上小时代，漫步到小巷深处的酒吧，喝杯烛光咖啡欣赏油画才有品味。

那条胡同倒是清静，估计两辆自行车并排都难免磕碰，小酒吧也没个字号，进了门烛光摇曳氛围倒不错，墙上的S.H.E海报朦朦胧胧满是油烟。恐龙提鼻子一闻，判断这酒吧的前身是小厨房。

恐龙欠缺和女孩子聊天的经验，不知道谈贯口好还是聊太平歌词好。大眼睛小姑娘倒不拘束，替恐龙要了一杯咖啡，给自己点了杯鸡尾酒，酒吧经理也很热情，赠送了他们六盘小点心。恐龙觉得咖啡味道太苦，大眼睛指点糖罐子就在旁边放着，让恐龙自己放。

还没等张蕾给恐龙打电话，小姑娘说自己的大眼睛被蜡烛烟熏了，得去看医生要走了，恐龙本想送送，但酒吧里地方太小，两人并排走不出去，着实有点遗憾。

剩下恐龙一个人倒也自在，安心喝完咖啡，尝了两块点心，可惜驴打滚硬得像蚕豆，江米条软得捏不住，不吃也罢。

恐龙觉得酒吧经理很马虎，拿来的单子是把小酒吧盘出去的价格。酒吧经理不爱开玩笑，明码标价，必须照单子给钱。

恐龙问你们的价目表在哪儿？酒吧经理把 S.H.E 海报翻过来，价格清清楚楚写在上面。

恐龙这才知道自己喝的咖啡是从苏门答腊岛海运而来，大眼睛喝的鸡尾酒是千年牛栏山兑的路易三十。光是两杯昂贵饮品就很让恐龙心寒，再看看消费单子上居然还有六份小点心的价格，而且艾窝窝的出场费比燕窝还高。

恐龙暴怒，说这六盘点心不是你送的吗，怎么还要钱！

酒吧老板以理服人，把艾窝窝扣过来让恐龙看，只有一个上面写着赠品，其他都写着特价——售出不退。

恐龙知道进了黑店，想想应该在食品质量上攻击对方，说你这咖啡比板蓝根都苦，放了三勺糖都不行，不可能是苏门答腊产的。

酒吧老板强调法式面包也不是法国出的。另外多亏恐龙提醒，老板把南斯拉夫进口白糖的价格也加到了消费单上。

恐龙还想抗争，酒吧老板以摔盘为号，酒吧的大厨和调酒师都冲了出来。恐龙判断大厨是杀猪的出身，调酒师的手艺是跟泰森学的。

恐头见继续硬顶要吃亏，忙把师傅抬出来，希望对方里能有纲丝，可惜碰上的都是专职铁匠。

大厨冷冷地盯着云龙："知道你是干嘛的，也知道你外号叫恐龙，可这不是侏罗纪公园，想赖账可没好果子吃，是翼龙揪掉你的翅膀，是鸭嘴龙封了你的嘴，是剑龙打折你的腿。你是霸王龙，我是奥特曼！"

恐龙掏干净了口袋还不够那杯中西合璧的鸡尾酒钱。调酒师刚想用擀面棍调理云龙，好在张蕾的电话打了进来。

酒吧老板怕云龙通过电话报警引火火烧身，就退让了一步，让云龙写了张欠条，并把身份证扣了，让恐龙回去筹钱。

恐龙逃离了十字坡，一口气跑回园子跟师傅商量能不能先预支下月工资。师傅当然要问个明白，于是恐龙就把和大眼睛小姑娘见面身陷酒吧的事儿说了。

师傅要主持公道，让云龙给胡同酒吧打电话，钱可以分文不少地给，但得到园子来拿。

酒吧老板觉得客场作战风险大，提出不把钱送来就不还恐龙身份证。师傅告诉他补办一个身份证才三十，来不来拿钱随便。

酒吧老板还是没敢亲自上阵，打发调酒师来拿钱。

调酒师进门先碰上了大拿和云侠，趾高气扬说快让恐龙出来还钱。大拿让调酒师往里走，里面接待的是云天、云杰和云鹏。

调酒师对形势做出了正确的判断，打电话回酒吧，让老板可以过来提钱，这边风平浪静。

师傅亲自接待了酒吧老板，搬出两箱子零钱让他自己数。酒吧老板一看全是一块以下的零钱，就想直接把箱子搬到银行去，师傅不让，欠债还钱天经理义，少一分都是我们不讲规矩。

酒吧老板偷眼看到圣伯纳和哈士奇就在门外溜达，怕零钱被抢了去，只好在园子里一枚枚地数。师傅怕他寂寞，就叫烧饼给他唱了段《韩信算卦》。

酒吧老板数钱数到腰痛，的确是分文不少还了恐龙的欠款，恭恭敬敬把恐龙的身份证还给师傅，打算抱着钱赶快走。

师傅让酒吧老板别着急，你跟我徒弟账清了，跟我的账可还没结呢。说着，小四儿拿着张消费单扔给酒吧老板。

酒吧老板听说过天价相声，没想到还有太空价的《太平歌词》。晓得是天外有天，马上向师傅求饶，不光云龙欠的钱不要了，连已经收的钱都双倍奉还。

师傅告诉他退还赃款是其次，主要得把幕后黑手——大眼睛小姑娘交出来才行，小小年纪就出来行骗，必须教育。酒吧老板试图抗拒，师傅让他从圣伯纳或哈士奇中选一个单挑，酒吧老板马上供出了主谋。

大眼睛小姑娘大摇大摆地进了园子，也不和金子、烧饼打招呼，直接就站到了师傅面前。

师傅问她为何要陷害徒弟们。

小姑娘鼻子一哼："谁让你徒弟老欺负我哥哥，还敢在婚礼红包里面打白条。"

师傅这才恍然大悟，难怪看着姑娘的大眼睛这么眼熟。

第三十二计：
空城计

师傅的邻居在院子里新建了个四面玻璃落地的大花房，一半栽的是花，一半种的是菜，人在其中左手摘雏菊泡茶，右手揪大葱沾酱，餐饮一体，师傅甚是喜欢。

师傅照方抓药，把邻居的施工队直接转场过来，要用同样的图纸也盖一间花房。施工队看了看场地，提出价格得增加30%。师傅说没分期付款给你已经够仁义了，现在谁还没事乱花钱，你不感谢还要加钱，难道要疯。

工头"金禅梓"解释说邻居家的地面平整，本来是要盖日光房，一家老小在里面打沙滩排球享受阳光，后来男主人觉得应当请几个沙滩宝贝来秀一秀，给日光房增加人气。女主人怕日光房多了色彩，家里也会增添人口，就把老公修理了一顿，索性放弃了日光房晒人，改为花房晒草，地面上垫层厚沙土就齐活了。

师傅认为自己的规划用地更加平整。

金工头连连摇头，您那瓷砖地面平是真平，可我得拉多少车土才能把游泳池填满，不加钱根本干不了。

师傅说谁也没让你填土，你就盖个玻璃罩把游泳池遮起来，地面上铺上黄土，能让我种花养草就得。

金工头对植物学也很在行，劝师傅不可胡闹，两米深的游泳池里种什么都很难见到阳光，只有土豆和花生适合生长。再说瓷砖不渗水，要把瓷砖起了露出土地才行，这也得多付工钱。

师傅让工头甭管瓷砖赶快开工，好好的水白白渗掉太浪费，至于种什么，师傅另有打算。

泳池花房落成，师傅组织我们学习农业技能，把土地一分为二，一边种玉米，一边栽竹子，这两种植物都长得高，可以消除泳池地势的落差。师傅还在游池中央摆了一把大转椅，准备或靠翠竹，或临苞米，分别体验熊猫和狗熊的快乐。

师傅承诺这个花房将成为我们的绿色农庄，东西长好了，可以随摘随吃。师傅盯着我们把玉米苗和竹苗种好，就心满意足地去外地巡演，一走就是一个月。

师傅回来直奔花房，但见玉米苗长势尚好，竹笋栽下去却都没了踪影，起先师傅怀疑哈士奇，但哈士奇是百分百的肉食主义者，喂包子只吃馅，喂丸子也不整吞。

师傅曾经问责烧饼，怎么把哈士奇惯得如此挑食，大肉丸子都不吃干净。烧饼反问师傅知不知道包子和丸子的区别。师傅说包子只能蒸，丸子还可以煮。烧饼发现师傅也不是号码百事通，说包子和丸子的区别在于，包子的面在外头，丸子的面在里头，所以哈士奇才都不满意。

排除掉了狗刨食，师傅想去找物业投诉种植园被恶意破坏，跑过厨房，看到了挂着的菜单子，清炒竹笋、竹笋烧海参、春笋冬菇汤、

鲜笋粥赫然纸上，师傅抓住厨子"了无痕"逼供，谁让他制作全竹宴，"了无痕"毫不犹豫供出了大拿。

师傅申斥大拿，破坏绿色环境。大拿强调是师傅答应，绿色农庄的东西可以随摘随吃。

师傅说，你这才是竹子不叫竹子，那叫损。我让你们可以熟了摘玉米，谁让你挖竹笋了！

凡是品尝过鲜笋美味的人人有份，一起掏钱补上了师傅竹园的损失。

竹笋不能碰，生成竹子倒是长得很快，比师傅更加欢喜竹子的是少帮，来泳池花房参观手里还拿个皮尺和小金属锤，逐根量竹子直径，敲打听回声，好判断哪根是做板子的好材料。

少帮的探查工作被无痕厨子看到，怕再跟着吃瓜捞，赶紧向师傅举报。少帮不比大拿，师傅不好明说，就又投资在泳池花房门上安了个摄像头，一旦少帮出现，立刻报警并接通种植园内的喷灌系统。

这天李少帮又拿着记号笔来探望竹子，走到花园门口突然警报响起，竹子大叫"我的妈呀"、玉米起哄"太刺激了"，同时花房顶部的喷淋设备也开始工作。少帮不知出了何事，愣在那儿不动，他不走，报警声音不停，洒水不止。

接到师傅的电话，QQ车拉上云侠、云鹏和小宁，风风火火从园子赶到绿色农庄。

师傅问我们游泳裤带了没，换好了就去泳池花房淘水吧，动作小点，别伤了玉米花。

由于少帮坚定地站在摄像头面前不走，给泳池花房带来了灾害性气候，若不是无痕厨子和哈士奇手嘴并用把少帮拖走，泳池花房真就成了阳光游泳馆。

师傅损失的是十吨水，少帮损失的是禁止再踏进绿色农庄半步。

不过由于这回水浇得透，玉米和竹子身高猛涨，终于从游泳池里露出了头。此前，邻居只能看见师傅家的玻璃房里有个大坑，里面是什么不得而知，直到看见我们淘水，才领悟到师傅是在私采金矿。

等到玉米穗和竹子尖暴露出来，邻居给师傅打电话，告诉他养文竹和鸡冠花最好多施点肥。

如今好竹子难寻，不好去动物园抢熊猫的口粮。少帮仍对泳池花房的竹子难舍难弃，一个人势单力孤，就联合了高峰和史爱冬组成伐竹三人组，准备潜入泳池花房盗竹。

摆在伐竹三人组面前的困难有两条，一是夜里出来闲逛的哈士奇，二是花房的摄像头。高峰说，哈士奇好对付，拿个鸡排耍耍就能

把它引开。花房的摄像头，史爱冬认为只是对少帮敏感，只要戴着福娃面具去不会有事儿，录下来老郭也不知道是谁干的。

三人换好服装拿着福娃面具夜入绿色农庄。高峰去向哈士奇耍大牌，哈士奇果然被高峰引开。不料哈士奇鸡排下肚，觉得还应该有赠送的奶昔，便一直追着高峰不放，高峰只好先撤回了BMW基地。

少帮和史老师扮演的欢欢和迎迎向摄像头打了个招呼，立时警报又响，两福娃头重脚轻踉跄而逃。后来才知道，花房摄像头敏感的不是李菁的脸形，而是大眼睛。

伐竹三人组的任务失败，师傅那边也得到了报警。无痕厨子劝师傅给泳池花房加个护栏，弄成全封闭就断了贼人的念想。

师傅却说不怕贼偷就怕贼惦记，得让贼人彻底死心才行。

伐竹三人组总结教训之后又卷土重来，高峰准备用过期的虾酱吓退哈士奇，少帮和史爱冬则放弃了装扮福娃，改成厚袜子套头。

三个人蹑足潜踪进了绿色农庄，却没见哈士奇出来迎接，走到泳池花房又发现摄像头已经关闭，花房门还大敞着。高峰迈步就要进，被少帮拉住，此事蹊跷，莫非有诈。

高峰不在乎，说估计是老郭最近太忙，疏于管理花房，就算有诈能有什么，还设陷马坑、绊马锁不成，不过小心使得万年船，请爱冬先去探探便知。

三人推诿一番，决定猜拳定先后，结果高峰和史爱冬出的是手掌，少帮出的是手背。高峰和史爱冬临时改变游戏规则，把少帮的豁免权改成了优先权，生生把少帮推进了花房。

少帮进去后没动静，高峰和史爱冬怕好竹子都被他抢去，也鼓起勇气手牵手进了花房。

三个人一起看着竹林发呆，原来每棵竹子上都被贴了价签，并声明组织内部员工认购可以9.9折。

天价竹子在眼前，砍还是不砍这是一个问题。

史爱冬认为三人都是蒙面，砍去了竹子，班主也不知是谁所为。

少帮犹豫，像班主这般精明之人，不可能犯这样的错误，只怕咱们砍一根竹子，他收两根钱。

高峰戴着头套不能戴眼镜，看东西模模糊糊，总觉得竹子深处有人影晃动，生怕刚一动手，班主就跳出来就地收钱。

三个人权衡再三，明码标价的竹子还是不动为好。

第二天，无痕厨子来跟师傅报告，昨晚三个贼人又来了，依您的计策行事，竹子丝毫未损。

师傅欣喜心理战取得奇效，还省了装护栏的钱。

无痕厨子接着又说，竹子虽然没事，可是刚长熟的玉米都被摘去了，您摆的那个大转椅也被搬走了，他们搬东西的时候还把玻璃门磕坏了一块。

师傅清点了损失，气急败坏去征讨伐竹三人组。三人咬紧了牙关坚决否认。最后，师傅还是以莫须有的理由罚掉了高峰一个月的薪水，少帮和史爱冬逃过处罚。

师傅的理由是高峰头上的包和玻璃门上被撞的痕迹吻合。

师傅又通知我拉上云侠、云鹏和小宁去劳动，把玉米都刨了，改种仙人掌。

第三十三计：
反间计

活该骗子倒霉，认为少帮不能再惹，又来找师傅下网。

早晨，师傅收到了一条短信——"请把钱直接汇到工行XX账号，蓝枫。"师傅叹了口气，说如今的骗子越来越不敬业，以前还编几个理由，设个圈套让你上当，现在干脆让你直接存钱，瞎话都懒得编了。

我以为师傅会把这骗子短信随手删掉，师傅却打算给这些不入流的骗子一点颜色看看。

师傅给骗子蓝枫回了短信，说自己只有民生银行的卡，没有工行的，请蓝先生去民生银行开个户头。

一小时之后，蓝骗子发来了民生银行的新账号。

师傅马上回复，对不起我记错了，我是有华夏的卡而不是民生的，麻烦你再去开一个吧，我钱都准备好了。

蓝骗子只好不辞辛苦再跑到华夏银行去。

等蓝骗子把华夏银行的账号发过来，师傅用我的手机给蓝骗子回复，说这就去银行存钱，但自己的手机费忘了交，已经被限制通话发短信，只好借别人的手机发条信息，请蓝先生帮买张电子充值卡发过来，以便到了银行再联系。

估计蓝骗子有些犹豫，但毕竟即将到手的肥羊不能放跑了，过了二十分钟，师傅收到了30块钱的充值卡。

师傅再接再厉，把一好一坏两个消息扔给了蓝骗子，好消息是师傅已经把钱存进了蓝先生的账号里，坏消息是师傅想看看钱进去了没有，就拿蓝先生的手机号当密码试了几次，结果都没成功，银行还把账号给封了，只能请蓝先生自己去解封，看看钱到位了没有。

蓝骗子气疯了，没办法返回银行去复活账户，好不容易解开了，发现里面就存进了一块钱。

蓝骗子还不死心，又短信询问师傅，怎么就存了一块钱？

师傅也很诧异，告诉蓝骗子，我明明存进去了十万块，怎么变成一块钱了呢，你快去让银行查查，不行就报警。

蓝骗子思想斗争很激烈，自己在暗处，银行在明处，报警肯定引火烧身，去查银行的账也怕被摄像头拍下来，更大的问题是，不知道对方是不是真存了十万块。

蓝骗子试探师傅，能不能去您存款的银行核对一下，毕竟十万块不是小数目，出了问题双方都麻烦。

师傅不着急，抻了蓝骗子半小时，眼看快到银行下班时间了，才给他回了短信——我去查过，十万块确实存进去了，但银行说你的账号信用度有问题，需要你先存进一万现金，提高信用额度，才能把我这十万给你划过去。你是怎么搞的？耽误了我的生意，我就直接跟你们总公司说！

蓝骗子慌了，怕对方去联络真正有商业往来的公司，自己的骗

201

局就戳穿了。但转念一想，又觉得对方的说法有漏洞，如果不能划账，那一块钱又怎么来的。蓝骗子请对方解释。

师傅早有准备，短信口气更加强硬，威胁蓝骗子今天不去提高账号信用度，明天就把钱收回来，以后生意也别做了。

蓝枫骗人心虚，存进现钱更不放心，仍然追问一块钱的来路。

师傅骂他缺乏银行业务知识，你的账户信用低，我给你转账再多的钱，你也只能一天进账一块，不信你看明天还会再增加一块钱。

蓝枫本来就是非专业骗人，刚学会摆弄短信群发器，寄希望撒大网，捞一个冤大头，对师傅传授给他的账户信用度问题，觉得实在高深莫测。心想，反正对方也没有我的账户密码，我存进多少钱，他也取不走，试试料也无妨。

蓝枫第三次飞奔去了银行，抢在银行关门前一分钟挤进去，也顾不上咨询业务，赶紧把压箱底的一万现金存进了自己的户头，这才如释重负。

晚上，师傅问蓝骗子解没解决信用度问题，蓝骗子请师傅放心已办妥。

师傅放下心，跟我说可以报警了。请警察先冻结蓝骗子的账户，没收那一万钱。想抓住骗子也容易，查查银行的摄像头，一天跑去三次的那个家伙就是。

蓝枫骗子落网，可大忽悠的使命还有继承者。

前两天上午，师傅又接到了假税务局干部莫三俗的电话。莫干部充满关怀的告诉师傅，国家为鼓励消费，特别降低了进口车的税率，因此师傅的Q7可以得到两万块钱的退税，请师傅开通一个账户，并先存一万块进去，提高该账户的信用额度，然后就可以收到税务局

的退款了。

师傅听到信用额度的说法，差点乐出声来，明白莫干部比蓝骗子更职业一些，因此马上一本正经地感谢税务机关，并提出自己当时还买了一辆车，也请莫干部帮查查能退多少钱。

莫干部没遇到过这样的对手，含含糊糊答应。

师傅认为税务机关工作要细致，既然退税就得两车一块执行，不能让老百姓麻烦两回，否则就打税务热线投诉莫干部。

莫干部感慨百姓的维权意识增强实在没什么好处，只好请师傅告诉他车子的型号，大致报个退税价格继续骗。

莫干部问师傅的车是两驱还是四驱，是燃油动力还是油电混合。

师傅答是神牛牌小三轮。

莫干部说人力车不在退税范围。

师傅态度坚决，不给小三轮返钱，就决不办理Q7退税业务。

莫干部退让一步，答应可以一并办理。

师傅得寸进尺，说小三轮是自己买的，但已经赠予了烧饼，因此退回来的钱也应该给烧饼，考虑到小孩子操作银行卡有风险，还请莫干部服务上门，把退税的现钱直接交给烧饼才好。

莫干部觉得当以Q7为重，先请师傅开通账户。师傅坚持先人后己，烧饼拿不到钱，就不考虑Q7。

莫干部无可奈何，只好戴上口罩，竖起衣领给烧饼送来了五十块钱。服务完小三轮，莫干部请师傅兑现承诺，去ATM机办理Q7转账。

师傅向莫干部道歉，刚想起来自己名下还有五辆是电动车，请莫干部再辛苦一趟，把电动车退税送来。

莫干部立刻挂了电话，把师傅也列入了不可欺骗的名单，为稳妥起见，决定再不惹德云社说相声的。

对莫干部的决定，我略感遗憾，我本已经计划好，下回再接到骗子电话，甭管是黑社会讨债、婚外恋调查、贩卖假发票，还是小孩被绑票、熟人忘带钱，我全都记录下来，把他们的短信互相转发一遍，让他们自个圈里做买卖去吧！

第三十四计：
苦肉计

师傅在中秋节时推出了德云月饼，但因缺少媒体呼应销路平平，眼看圣诞要到，师傅又动了促销德云火鸡的念头。

师傅让我们打听一下市场肉鸡价格，以决定引进什么品种。

金子在网上查了查，有一家店卖的肉鸡很便宜，五千块钱就能买到最少两万只肉鸡。师傅怀疑卖家会以鹌鹑冒充鸡仔，让金子去实地考查。金子说对方没留地址和电话，只有QQ号。

师傅要求卖家保证三点，两万只肉鸡必须足斤足量，能保证随时供应园子，还要绝对健康。

卖家说两万的数量没有问题，质量总体也都在P4以上，能不能及时调用，取决于园子用的是一兆还是两兆的带宽，绝对健康肯定保证不了，抛开正版黑屏、盗版蓝屏不说，本身是否只种了一家黑客公司的毒也不一定。

师傅要的是实实在在的鸡脯鸡胸鸡大腿，金子联系上的是卖黑客软件的。师傅用金子的QQ号在网上劝黑客贩子赶快悔过回头是岸，不然就送交网警。黑客贩子认为买多买少没关系，举报不仗义，马上逃下了线。

师傅当了一回教育工作者很欣慰，金子发现自己积攒多半年的QQ金币全部遗失。

师傅觉得把采购肉鸡的事交给高峰稳当，海鲜和家禽的进货渠道虽然不同，但营销规矩差不多，只不过一个是在购物袋里多放水，一个是努力让鸡多吞沙子。

师傅给高峰的要求是，要买净膛的冷冻肉鸡（师傅怕四小云在园子里杀四千只鸡会把全天桥的流浪猫狗都招来），价格要厚道。

高峰接到任务，寻思片刻，就出发发了鸡肉之乡。

高峰去得快回来得也快，没出火车站就定了货，一气买到二百只样鸡请班主审看，如果满意，对方立马就发一车皮成鸡过来。

师傅知道隔行如隔山，卖水产的思维就是比不上带翅膀的，让高峰买净膛的冷冻肉鸡，高老板直接买了德州扒鸡回来。

高老板的解释是，他出发前去超市查过冷冻肉鸡的价格，到了德州火车站发现人家做好的扒鸡比冻鸡还便宜，那当然买熟的不买凉的，这是起码的商业原则。

高老板替组织省下了制作火鸡的费用，师傅省下了高老板的年底双薪，两百只真空包装的德州扒鸡还请高老板自行消化。

高峰有苦劳没功劳很是不满，气哼哼撕开袋扒鸡，想要借酒浇愁，倒出来的却不是五香脱骨、肉嫩味纯的德州扒鸡，而是神秘的无骨肉和民国的鸡骨头，鸡腿不见一个，凤爪倒有仨。

高峰大怒，立刻查找包装袋上的服务电话，打给厂商要求退货并双倍索赔，却是左打也不通，右打也不通。高峰又把怒火转向了电讯运营商，投诉自己的手机遇到了通话障碍。

电讯小姐向高峰道歉，并提醒他拨打德克萨斯州扒鸡厂的电话，要用全球通，别用动感地带。

采购的使命又落到了大拿头上，师傅对价格已经没有太多限制，只让大拿务必去买肉联厂检验合格的净膛冷冻肉鸡，一定要保证营养和健康，以免特一加一的传媒再生事端，或者被老想裸奔晒晒美体的张一加一盯上，乱骂一通。

大拿不折不扣地执行了师傅的命令，当然也发扬了此前学习养生医术的心得。师傅看着运进园子的八百只冷冻乌鸡，心也一块凉。大拿还说论营养论健康，除了新奥尔良烤翅没有出乌鸡右者。

师傅不知道用乌鸡制作圣诞火鸡，九零后的能否接受。

少帮替大拿出头，说只要制作的时候热锅冷油多炒糖色，把乌黑向红润过渡，乌火鸡一样有圣诞氛围。

反正后台已经被冻鸡占了大半空间，不做熟了卖出去，非赔不可。师傅让我们把大褂反穿，大手绢包头，临时客串厨工用暖宝给鸡解冻，主厨的关键工序则交由专人负责，少帮稳火热油，岳帅爆炒红糖，张德武挥笔刷糖色，云天、云杰架火盆烤鸡，史老师边敲锣边吹火。

后台一片红火，师傅又让把所有排风扇倒转，把烤鸡的香味源源不断地吹向到观众席。台上烧饼和小四儿的《吃论》说得眉飞色舞，台底下观众的腹语声此起彼伏。

趁着热乎劲，师傅派刘源上台推销德云圣诞火鸡，告诉观众可以随买随吃，鸡架子能打包，购两只以上德云火鸡者，还能得到师傅亲笔签名，此外由于师傅正在给烤鸡质检，完不成工作就上不了台。

纲丝真是好心情好肠胃，头一炉的二十只德云火鸡被抢购一空。

紫色小姑娘更是一人买了四只。小四儿把烧鸡端给了紫色小姑娘，收了钱转身要走，却被紫色一把拉住，索要师傅的签名。

小四儿说师傅已经签到了烤鸡身上，紫色说没找着。小四儿只好拿着狼眼手电给紫色指点痕迹。师傅是用张德武的刷糖笔蘸着蜂蜜签的，虽然看不清楚，但吃下去很甜蜜。

散场后，师傅请吃了烧鸡的观众留言，点评德云火鸡口感，观众一致认为——糖太多齁嗓子，火太大皮都烤黑了。

德云火鸡在园子里的销路不错，只要坚持烧鸡不卖完底活就不上，演一场卖掉一炉烤乌鸡毫无问题。但问题是还有几天就是圣诞，后台还有五百多只乌鸡摆着，平安夜前卖不掉，一到新年就卖不上价钱了。

师傅决定让德云圣诞火鸡走出园子，派我们分头去周边单位上

门推销，每人的推销任务是二十只，卖得掉奖励五只，卖不出去自己得再掏钱买十只。

金子想上门卖货最好去大单位，单位人多潜在的买主就多。金子拉上德云火鸡就奔了城市相声管理委员会，直接去找周群助理。

周助理见金子拿着东西上门挺客气，说最近太忙没到园子去检查工作，你们年节发点东西不容易，我开车去拉就行，用不着亲自送上门来，单位人多嘴杂，别人看到影响不好，其实买东西还不如直接送购物卡方便。

金子赶紧说这不是送的，是想来您这卖的。

周助理沉默片刻，猛一拍桌子训斥金子，跟你们说过多少次，要阳光经营，不要搞斜的歪的，明明想来贿赂委员会工作人员，对外还说是推销，以为群众是那么容易骗的吗？领导的威信全毁在你们手里了！还有你送来的这是什么，三无的烤鸡，都发黑变质了还敢拿出来送礼！

金子的二十只德云火鸡被周助理照单全收，声称是作为组织超范围经营的证据，让师傅过了新年去接受处罚，顺便把鸡骨头收走。

金子回来跟刘云天诉苦，云天劝他想开点，好在只损失了货物，恐龙差点连人都搭上。

恐龙印象中卖什么东西，就应当去此类东西的聚集之处，相应闻名而来的买主才多，比如买小商品的去天艺，买汽车的去亚运村，买假身份证的进派出所，因此云龙扛着打好包的德云火鸡就奔了全聚德……

侯震也在为这堆乌火鸡心烦，有心送人舍不得，自己全留着吃又太腻，李根给他出了个主意，只要分工合作，就不怕卖不出去。

李根和侯震站在园子门口，面前的桌子上摆了十只德云火鸡，侯震看着火鸡满面愁容，眼见有个小平头蓝衣胖子走过来，李根一掐侯震，侯震开始顿足捶胸。李根见小平头的注意力被吸引过来，马上大声劝解侯震。

李根："别伤心了，再好好找找，丢不了。"

侯震："我后台找半天了，肯定是拾掇冻鸡时掉鸡肚子里了，可那么多火鸡哪找去呀！"

小平头认出了李总统和侯公子，凑过来问侯震丢什么了。

侯震想起自己失落的千足金钻戒又掩面而泣。

李根一旁数落侯震，谁让你帮厨时还戴戒指的，那东西值钱可是个太小，掉进鸡肚子去确实难找。

小平头说，你们把烤鸡撕开查查不就行了。

李根说撕开了的烤鸡就卖不掉了，侯公子已经损失了戒指，再赔了烤鸡岂不雪上加霜？！

此时，侯公子又把烤鸡钱置之度外，扑上来要检查桌子上摆着的德云火鸡，口中念念有词，我的千足金钻戒就掉在鸡肚子里，让我再拆开几只查查吧。

李根急忙抱住侯震，说你已经破坏了三十只香浓美味的德云火鸡了，就算戒指在眼前的这十只鸡里，那也是天意，随它去吧。

小平头蓝衣胖子替侯震难过，太大的忙也帮不上，包圆儿这桌上的十只德云火鸡还可以。

看着小平头抱着德云火鸡远走，侯震还带着哭腔冲着背影喊，找到了记着还我呀，那可是菜百买的，百分百的真钻。

李根踢了侯公子一脚，说差不多行了，再去拿十只出来，歇口

气咱们接着卖。

侯李忙活了一下午，虽然嗓子累点，可是配额的四十只德云火鸡和组织奖励的十只全部卖掉倒也没白辛苦。

烧饼和小四儿见侯李的推销业绩如此惊人，缠着传授经验。依侯震的意思和盘托出，李根觉得当留一手，不然满后台的人都说钻戒掉烤鸡里，买主该不信了。李根只把基本套路告诉了烧饼和小四儿，并拿走了两包德云火鸡充作讲课费，至于具体丢了什么东西，反正是自家值钱的就行。

烧饼和小四抬了张桌子到园子门口，摆上了十只德云火鸡。烧饼当苦主，小四儿拉场子兜售烤鸡。哥俩忙了一天却一只也没卖掉，烧饼最值钱的是刚买的轮滑鞋。

第三十五计:
连环计

我劝烧饼年纪轻轻应当去学车,会开车可以拓展自己的生活空间,也可以促使自己多挣钱贴补车用。

烧饼觉得坐别人的车比自己开省力又省钱,也不会因为有睡觉的地儿没搁车的地儿犯愁,而且很多时候,开车也不比他滑板快。烧饼的梦想是成为跑酷一族,调动自身潜力,闪转腾挪超越路上的一切障碍,而且总希望被摄像头拍到,在电视上曝光,以便录下来检验自己动作的完美程度。

玩极限运动得有对手,烧饼的对手是张蕾。张帅哥和烧饼表演风格各异,业余爱好倒是一致,轮滑、小轮车、翻跟头样样拿得起摔得下,只是两人的庆祝动作有所不同,摔倒后爬起来,烧饼是揉屁股,张帅哥是整理发型。

晚上演出散场,烧饼和张帅哥的极限竞赛开场,烧饼总是负而不馁,张帅哥常胜趾高气扬,两人的比赛火药味渐浓。我觉得两人该休息不休息,半夜疯跑有害身体,真磕了碰了还得让我们轮流照顾,关键是极限运动和师傅提倡的行事沉稳,能坐就不站,能躺就不坐的

213

组织要求不符。

我多次向师傅反映过这一情况，师傅起先不信，后来亲自看过烧饼滑板在园子门口留下的刹车印，才感觉有必要干预。

师傅不让比赛，烧饼和张帅哥口是心非，答应好好的，只是把开赛时间调整到了 Q7 开走之后。

蒙蔽领导是更严重的错误，我和云龙商量，要录下两人继续疯狂的证据，抓住现行，送交师傅严肃处理。恐龙主要是怕张帅哥玩极限，会养成争强好胜的性格，不安心于量活的岗位上，我则是出于关心烧饼的健康成长。

我把QQ车放在烧饼和张蕾的必经之路上，跟恐龙坐在车里，拿摄像机监视他们的一举一动。

烧饼和张帅哥不知有旁观者，习惯性的开始斗嘴。

烧饼让张帅哥趁早投降，说今天不会有半点胜利的机会。

张帅哥笑烧饼光知道吹牛，半个月比了十五次，烧饼连个平手都没争取到。

烧饼强调那是装备上出现了问题，冲刺的时候加速不够，才总被张蕾超越。如今烧饼已经给座驾增加了后备动力，张帅哥必输无疑。

张蕾劝烧饼，胜与负决定于人，而不是装备，给师傅装上刀锋腿，也跑不过范跑跑。改不改都是输，何苦白花钱。

两人口舌之争未分高下，就走到园子外面红绿灯下，准备出发。

按照事先的调查，他们的线路是从红绿灯出发，围着园子绕三圈，先到为赢。

烧饼警告张帅哥不要再抢跑。张帅哥说反映速度快是天生优势，没有天赋的人才不吃葡萄说葡萄酸。

烧饼反驳，我还没发令，你就蹿出去了，那根本就是抢跑犯规。

张帅哥认为懂得预判才是取胜的关键。

烧饼提出要改变下发令方式，为避免人为因素干扰，烧饼指了指红绿灯，只要一变红灯，选手就出发。两个人活动了一下手腕脚腕，一起抬头等候出发信号。

我跟恐龙奇怪他们俩怎么站在那儿不开始比赛。

烧饼和张帅哥奇怪为什么一直是黄灯闪烁。

等了五分钟，张帅哥的脖子都酸了，建议还是烧饼发令起跑。

烧饼说要从一数到十，到十就开始，谁也别犯规。

烧饼从一直接蹦到了十，可比抢跑的张蕾还是差了半步。二人狂奔十米，分别踏上各自的滑板，开始了午夜狂野之战。

恐龙已经把他们出发的过程拍了下来，跟我说是否可以行动，抓获两个欺骗师傅的小子。

我觉得不着急，他们刚跑第一圈，劲头还足着呢，现在去抓，他们会夺路而逃还得费油去追，等让他们转两圈回来，咱们守株待兔，在红绿灯那里堵他们，他们也就没劲跑了。

恐龙同意，继续观看比赛。今天烧饼的状态确实不错，虽然出发慢了，但中途加速却不错，已经抢在了张蕾前面。

恐龙和我打赌烧饼今天能赢。我看未必，张帅哥回回比赛都用暗器，烧饼屡屡中招，今天也危险。

恐龙没怎么看过二人的跑酷表演，问张蕾会使什么手段。

张蕾的独门暗器是香蕉。比赛关键时刻，如果烧饼还在十米外紧追，张蕾就把香蕉往地上砸，给烧饼布置雷区；要是烧饼已经近在咫尺，张帅哥干脆把香蕉往烧饼脸上扔，让他失去方向。

恐龙不明白张蕾净用这损招，烧饼怎么还和他比。

我说一场比下来，烧饼输了也能得到五只香蕉，何乐而不为。

恐龙说现在可是烧饼领先，张蕾的香蕉攻势难起作用。

张蕾头脑灵活，这会儿正一边奋力蹬板，一边举着把香蕉大叫"烧饼，我捡了把香蕉，是你掉的吗？"

烧饼今天是铁了心要赢一回，听到张帅哥又在弄诡计，当下右脚往滑板后部一踩，起动了后备助力，一下甩掉了张蕾。

烧饼把平时用的爽身粉包了一包，放在个小汽球里，绑在滑板后部，脚一踩一团白雾就扑向张蕾，张帅哥非常不爽。

比烧饼的滑板先到终点线的是QQ车，恐龙跳下车拦住了飞驰而来的烧饼。

烧饼极其愤怒，好不容易要赢了，你们这当口出来干嘛？想劫道吗！

这时气喘吁吁的张蕾也到了，只是帅哥成了白毛怪，他一把揪住烧饼，要求索赔。

我用摄像机对着烧饼和张蕾，恐龙告知他们的行为已经汇报给了师傅，现在就要暂扣滑板，明天等候处理。

我把烧饼和张蕾的滑板搬上了QQ，云龙顺手把张蕾的香蕉也收缴了。QQ得胜而归，烧饼和张蕾伤悲着走路回家。

师傅全面禁止了烧饼和张蕾的极限运动，走路蹦蹦跳跳都要扣钱。张帅哥迅速把兴趣转向了网游，玩起了劲舞团。烧饼年轻染了网瘾更加危险，因而师傅也禁止他上网，发博客每三个月限时使用10分钟，烧饼打字又慢，因此博客也日渐荒芜。

我不忍心看烧饼消沉下去，跟师傅建议让烧饼去学车，开车毕

竟是个基本技能，散了场拉拉黑活还能多点收入，而且有交警和保险公司替师傅看着烧饼，组织也不用太操心。

师傅命令烧饼去学车，烧饼虽不想去，也不敢再违抗师命。

小孩子的乐趣转移得快，学上了车，也就迷上了车。从驾校开完拖拉机回来，烧饼老是看着BMW发呆，吓得少帮把BMW钥匙跟魔戒似的挂在脖子上，生怕烧饼乱了心智出来抢车。

我跟烧饼说，BMW虽好，但花销太大，你也承受不起，特别李氏BMW根本就是单汽缸车，想快也快不起来。开车要选择适合自己的，最适合你的就是一款紧凑型经济轿车，麻雀虽小，五脏俱全，何况还帮你磨合好了，座套也不算脏，你直接开着就能上路。

我把QQ过户给了烧饼。虽然二手车贩子是当场给现钱，烧饼只能三年分期付款，但卖给二手车贩子是两万，卖给烧饼是三万，我觉得还是肥水不流外人田的好，反正两万块放银行也没什么利息，不如从烧饼手里按月拿钱。

再见了我的QQ！

第三十六计：走为上计

进一步海阔天空，大拿想甩开少帮单飞，确切地说，大拿要告别舞台，去做自由飞翔的超人。

大拿最近心事重重，演出无精打采，常听他自言自语地念叨："活着就要做有意义的事，有意义就是好好活，好好活就得做自己想做的事，做自己想做的事才能活得更好，说相声有意思没意义，师傅，我不想当台柱子，当台柱子太累了，您不在就让我攒底，一攒底就得晚回家，一晚回家就看不上《星夜故事秀》；我想做超人，超人有意义，能飞就比走路强，这就是希望。"

少帮看不下去大拿的胡思乱想，给了大拿一扇子："发什么呆呢，该咱们上场了，还不快点换衣服，想什么呢你。"

大拿凝望少帮，看得少帮直发毛："英雄是寂寞的，你的眼睛再大，也不会看清我的心，你不会懂我的。"

少帮觉得大拿吃了什么不消化的东西："我是不懂你，要上台了活都没对一遍，我看你是不打算好好干了，等你师傅回来，看怎么收拾你。"

大拿叹了口气回到现实中，拿起大褂准备换上，发现了大褂下面压着张广告宣传单——"想要比神七飞得更高吗？想战胜菲利浦斯和博尔特吗？想成为超级机械战警吗？李大眼人体改装店实现你的梦想。"

大拿被这广告深深打动，把藏在饼干罐子里的私房钱都倒了出来，用大手绢层层包好，跑出去园子，少帮发现就自己一人上了台，没办法只好把对口改了快板。

大拿找到了实现他超人梦想的地方，一家神奇的人体改装店，改装店老板也有一双似曾相识的大眼睛。

老板："先生，您想改造什么，本店提供个性化的改装服务，只有您想不到的，没有本店做不到的，只要您的钱够。"

大拿过于激动，无法用言语说清，便模仿起超人的招牌动作。

老板是做这行的，立时明白："你是想改造成超级英雄，那么是蜘蛛侠、钢铁侠还是奥特曼？"

大拿："我要做那种能引领潮流的超级英雄，造型要酷，服装要简便，穿内衣就能上街。"

老板："超人呀，那个可是挺贵的，您的钱……"

大拿把手绢打开，把私房钱一股脑摊到了柜台上。老板本以为来的是财神，不料进门的只是穷鬼。

老板很为大拿惋惜："您这点儿钱，也就够买套行头的，要改装差太多了。"

大拿还有两手准备，又把从园子顺出来的板子、玉子、八脚鼓都摆到了柜台上，肯求改装店主无论如何也要实现自己的超人梦想。

老板被大拿的诚心感动："看来你是真想当超人，好吧，我给你个实现梦想的机会，本店现在正在推广活动，如果你自愿加上几个广告的话，那么可以给你最优惠价格。"

改装店老板熟悉地拨拉了一通算盘，给了个最终报价。

大拿咬咬牙，从怀里掏出了最后的积蓄，还有三十块钱的公交IC卡给了店主。"这是我全部家当，都在这了，拜托您了。"

改装店主卷走了大拿的钱财，开始为他设计形象，讲解改装知识："人体改装，原先是很麻烦的，你得先去派出所申请，拿到许可证之后才能施工，这个审批过程短则半年，长了就没准了；现在派出所推出了人性化服务，你可以先改造，再去派出所换领新身份证。"

大拿不以为然："能成超人就行，没户口了也无所谓。"

店主赶快纠正大拿的错误认识："那可不成，每个改造的超人都有自己的编号，都得通过质验，特别要看有没有添加有毒物质，当超人更不能污染环境。"

大拿心急如焚："我知道，我知道，您快给我改吧。"

大眼睛的人性格都很沉稳："别着急，这超人系列从 A 到 Z 共分26 个级别，其中 Z 和 Y 两级都是使用化油器助推的产品，已经停止生产了。那么现在最低级别的就是 X 级超人。"

大拿一知半解："X 级，是和咸蛋超人同级的吗?"

店主："差不多吧，先把你改造成 X 级的，以后你有钱了，还可以升级。"

大拿："甭管什么级，能飞能打能拯救地球就成。"

店主："飞是能飞，打也可以打两下，不过拯救的范围是小一点，暂时也就在五环以内，主要是电池容量的问题。"

大拿："五环就五环吧，太远了我也不认路，您就开始装吧。"

店主："别着急，改装也是一种手术，手术难免有点痛苦，你需要麻醉吗，最便宜的五十，最贵的五千。"

大拿知道当前经济形势下，借贷太困难："有免费的麻醉吗？我真是没钱了。"

店主有些失望："有倒是有，不过麻醉时间掌握的不是太准。"

大拿觉得不花钱的东西都好："不要钱就行，来吧。"

店主突然往大拿身后一指："你师傅来了。"

大拿刚扭过头去，改装店主从柜台里面抽出根大棒子，把大拿打昏在地，放在平板车上拉进了改造车间。

两小时后，大拿超人诞生了。但大拿很不满意自己的形象设计，他胸前是餐具刀叉组成的X，底下还有行字——高记西餐厅，买皮皮虾送扎啤。

大拿向老板抗议："这都是什么乱七八糟的？"

店主心平气和："我不是说了嘛，你没钱改装，我就得加上几个广告宣传。"

大拿发现还不止胸前有广告，看看左臂，上面写的是——星夜汽修，随叫随到。再看看右臂，上面写的是——春妮婚介所，成功再讨钱。

大拿火起："这什么和什么呀，这哪是X超人，这不是人体广告吗？"

店主也加重了语气："你可是签了合同的，要是违约，你可得在我这免费打三年工。"

大拿有上当的感觉："这不是我梦想的超人形象呀，怎么这内裤也成四角的了，靴子还是雨靴！"

店主还得耐心解释："别着急嘛，一分钱一分货，再说四角裤也比三角裤更健康，事实上给你选配的芯片和发动机还是很好的，你可以试飞一下。"

大拿不信："我当然要试，飞不起来我告你去，我师傅和消协的人熟着呢！"

大拿大步往改装店外走，没注意他的斗篷上还有广告——看《德云日记》发笑，喝菁菁果醋降压。

改装店主教大拿起飞动作要领："你要左臂自然下垂，右臂向上抬，挺胸抬头，注意别把广告遮上，张嘴发出指令就能飞起来了。"

大拿："什么指令，怎么喊，是点火发射吗？"

老板的口令抑扬顿挫："我穿南极熊内衣，我要飞得更高。"

大拿："怎么这还带广告！"

老板觉得大拿这样的顾客事太多："你也不在乎多这一条半条的，快念出来就能飞了。"

大拿将信将疑地摆出造型，喊出指令，真的升空了。

飞翔的感觉非同一般，大拿高兴地大喊："怎么光能往上飞呀，遇到寒流太冷了，我怎么下来呀。"

改装店老板正插兜欣赏自己的杰作，不经间从兜里摸出来了一个零件，仰头告诉大拿了一条好消息："哎呀，不好意思，我忘了安刹车了。"

美国宇航员正在外太空行走，修理国际空间站，冷不防看到大拿超人飞过来，手一哆嗦，随身携带的工具包脱落，飘向太空，成为众多太空失物之一。

大拿可不想落得和工具包同样的命运："我要回家，救命呀！"

电量耗尽，大拿超人总算落回了北京城。

改装店老板给他装上刹车后，让他找人少的地儿多练练起飞降落。

大拿好不容易飞到了一个空场，刚练了一个来回，在天上被风筝线缠住，放风筝的一使劲，把大拿超人和撞坏的风筝都拉了下来，风筝男让超人赔风筝，大拿超人说放风筝的干扰了自己的飞行权，两人争执不下，互相不服，大拿抢先报了警。

警察："是谁报的警？你们先松开对方，别拉拉扯扯的。"

大拿："是我报的警，这个人要敲诈我，用你们的话说，就是碰瓷。"

风筝男："谁碰瓷了，也就是被你早打了110一步，不然报警的就是我。"

大拿："你还想恶人先告状吗？"

风筝男："你就是恶人先告状！"

警察："好了，好了，先说说是怎么回事吧。"

大拿："我正在这里练习起飞降落，这个家伙说我干扰了他。"

风筝男："是我先在这放风筝的，得有个先来后到吧。"

大拿："你放你的，我飞我的，你为什么把我从天上拉下来。"

风筝男拿起旁边的破风筝给警察看："他要是不卷在我的风筝线上，我又怎么把他拉下来，风筝都被他撕坏了。"

大拿："是你故意用风筝撞我的，你这就是碰瓷。"

警察："行了，你在这儿放风筝，你在这儿飞来飞去，然后他的风筝线缠住了你，你被拉了下来，风筝也坏了，对不对。"

大拿："大体上是这个样子。"

风筝男："是超人先碰上我的风筝，才被线缠上的。"

警察："那个不重要，我要先确认个情况，这是个收费公园，你们都有票吗？"

风筝男："这是我的公园年票，我就住旁边，我天天来这儿。"

大拿："我是飞进来的，我没有看到卖票的。"

警察："那就好办了，你是合法的在这里放风筝，你是未经公园允许在这里飞来飞去，所以超人，这个错误在于你，你应该赔偿人家的风筝。"

大拿："我没有带钱，我身上没有兜。"

警察："那你的电话是搁在哪儿了？"

大拿掀开斗篷，原来他把手机塞在了内裤里。

警察："手机放在这儿，可对身体不太好，不如挂在脖子上。不管怎么说，超人你应该赔偿他的风筝。"

大拿无奈地把斗篷赔给了风筝男，风筝男满意而去，大拿站在原地发愣。

警察："好了，我已经调解完了，超人你也可以走了。"

大拿："警察先生，您能送我回家吗？"

警察："怎么，你不飞了，这儿就这一个放风筝的。"

大拿："没有斗篷，我在天上找不到平衡，会失控的，你不想我再掉下来吧？！"

警察用电台报告："报告，3175 号报警已经调解成功，现在，我送超人先生回家，你住哪儿？"

超人："保定。"

看来甭管天上地下，当超人都不容易，我们还是踏踏实实跟着师傅说相声好。

计外篇

一般人听师傅的段子都期待新的，也有人专找寻以前的段子来研究，有位神人发现师傅段子里有个一分钟的垫话听着耳熟，苦思冥想了两天，觉得是师傅拿去了他的创作，特认真地来发帖子找师傅索

赔，不给钱就是不尊重知识产权。

这是个实事，听着却像个笑话。竹林里杂草丛生，一天一只蘑菇从土里冒出来闲逛，在外面吃了一回馆子，上了七八道菜都很可口，但其中有道菜，让蘑菇很不舒服，觉得菜里面有个东西是自己某年某月某一天的影子，总不好被白白使用，于是蘑菇趁厨子不注意，在饭店大堂和外面某处公告栏里发了个帖子，很正式的要求厨子付原料费。本来就有些人对于馆子的红火很过意不去，当然不肯放过仗义出言的机会，一时间该饭馆子非法使用蘑菇的新闻满天飞，大有无风三尺浪，小中见大，以此类推的气势。

可那道菜是野山菌炖柴鸡，主料是柴鸡，功夫是料理，吸引人的是味道，一大把的野山菌只是配头，有也行，少搁俩也无所谓，卖的是厨子的手艺，单给你个干蘑菇，估计谁也咽不下去！

去过林子的都知道，如此的野蘑菇遍地都是，有新发的，也有沉了N年成蘑菇干的，你能想出蘑菇是头大脖子小，我也能想出蘑菇是脖子小头大，就说这蘑菇你种过，可怎么证明你就是头一个呢。甭说这蘑菇没有八千也有一万，就真是棵竹子，拿过来能当板子打吗？还得经过砍削剁晒钻孔诸多工艺吧，竹子是上不了台面的，得制成板子才能声音响亮，才有商业价值，一整根竹子不见得能做成副板子，八十颗蘑菇也凑不成个相声作品，得有结构架着，有故事穿着，有人物托着，有氛围衬着，有语言节奏，有肢体表演……真不知道，蘑菇到底听没听过整段相声。

如果一个素材都要来分几杯羹，恐怕园子里能演的也就剩下《报菜名》和《地理图》了，好像还得给厨师协会和地图出版社分点才行。若以后演出，大拿上来就说，本段子百分百原创，如有雷同欢迎来告，或者金子上来讲，本段子素材百分百源于网上笑话，请原作者自己掐时间，按秒算钱，那谁还乐得出来呢！

说这些就是一句话，相声这门艺术发展到今天不容易，人人帮把手，可以让相声更笑动人心，个个来拆台，再好的东西也都完了。

借用师傅的说法，演员别当教师，别想着用相声指点迷津，传道授业，化解经济危机。观众别当专家，不要带着打官司的劲头进园子，大家来享受快乐而甭自己钻牛角尖。快乐挺简单，简单的事复杂了就没劲了，你说是不是？

再说两句

这是本非虚构类的虚构图书，故事是"实事"，人物是现成的。

故事里的人物吵吵闹闹，把小麻烦折腾成大麻烦，可天大麻烦也能一笑化解。现实里的德云人物仍在园子里说学逗唱，为了理想为了生活而努力，继续走他们那条并不好走的相声路。

这两年经历的大事太多，欢喜的、悲伤的、感动的、气愤的、幸福的、遗憾的，每个人都有自己记忆中的年景，每个人都有自己的大目标和小算盘，实现与否另当别论，只要尽心做了就问心无愧。人没有压力不行，可给自己太多压力多半换来亚健康，没钱也比欠医院的账好，排行首富也未必能出入平安睡觉安稳。

在万千种感情之中，有一种很平淡，也最容易体会，就是温暖。听老郭和于谦的相声大笑之后再回味，看何李的表演盼着他们笑场，听听烧饼云遮月的嗓子，想着有天他能学学周华健，亦或想起张文顺先生硬撑着上台向观众致意，都是一次次温暖。有时间去园子里坐坐，有钱的话去瞧瞧商演，虽然票都不大好买，但那种温暖带来的快乐肯定值得。其实网上下载别人的录音听也很方便，只是千万别自己刻成盘拿出去卖，留神被城市相声管理委员会抄了摊子。那么这本书能给您温暖吗？您可以搁在暖气上试试。

随心的文字印成书是有压力的，一怕对不住你掏的钱，二怕耽误你的时间——所以你有什么意见请告诉我。我的邮箱是24小时开放的：Xwfyr2007@sian.com 。

虽然心有忐忑，但随心的文字印成书对自己是种快乐。享受生活的每一天——即使在最不起眼的角落，即使痛并穷着，即使觉得公车太挤、私车太堵、地铁太闷——生活有好多的不如意，人也过得不容易，压力太大，惊喜太少；追求太多，得到太少；涨得太慢，跌得太快……富贵难求，心情由己，多做自己想做的事情，常把大计划拆成小满足，尝试多走走多看看，把打动自己的都用自己喜欢的方式记录积累起来，俗套的朝九晚五也能变成一个个有包袱的日子。

包袱你可以自己去找，我送你幅对联吧。

上联：一辈子的幸福就是当个黑社会科学家上春晚旅游

横批：快乐依然

下联呢您自己先琢磨着，我想老郭会很快给出答案的，让我们共同期待，德云在快乐常在。

感谢王山甲先生奉献的漫画德云人物，他使这本书的受众面扩展到了幼儿园。

最感谢的还是郭德纲、于谦、王海先生以及书中的各位师兄师弟，特别是栾云平先生对我的大度和放任，没有他们的宽容和厚爱，《德云日记》无从而来。

这里还要感谢史航先生和段嵘女士对我的支持与帮助。

231